目錄

U0065247

第一課　시험 때문에 늦게까지 공부해요.
（因為考試，所以看書到很晚。）

1 依範例，用下列提供的單字或句子原型，回答問句。

1)

A：무슨 운동을 배우려고 해요?

B：（요가 / 태권도）

→ <u>요가나 태권도를 배우려고 해요.</u>

2)

A：점심에 뭐 먹고 싶어요?

B：（피자 / 스파게티）

→ _____

3)

A：생일날 친구들이랑 어디에 가고 싶어요?

B：（놀이공원 / 스키장）

→ _____

4)

A：여자 친구에게 무슨 선물을 사 줄까요?

B：（화장품 / 액세서리）

→ _____

5)

A：수업 후에는 보통 뭐 해요?

B：（도서관에서 공부를 하다 /

　　편의점에서 아르바이트를 해요）

→ _____

6)

A : 내일 친구들을 만나면 뭐 할 거예요?

B : (영화를 보다 / 노래방에 가다)

→ _____

7)

A : 기분이 안 좋을 때는 어떻게 해요?

B : (맛있는 음식을 먹다 / 쇼핑을 하다)

→ _____

2 依範例，造句看看。

1) 커피를 마시다 / 책을 읽다 → <u>커피를 마시면서 책을 읽어요.</u>

　　　　　　　　　　　　→ <u>책을 읽으면서 커피를 마셔요.</u>

2) 피아노를 치다 / 노래를 부르다 → _____

　　　　　　　　　　　　　　→ _____

3) 저녁을 만들다 / 딸하고 애기하다 → _____

　　　　　　　　　　　　　　→ _____

4) 과일을 먹다 / 텔레비전을 보다 → _____

　　　　　　　　　　　　　　→ _____

5) 껌을 씹다 / 운동을 하다 → _____

　　　　　　　　　　　→ _____

6) 음악을 듣다 / 숙제를 하다 → _____

　　　　　　　　　　　→ _____

3 依範例，連連看，並造句。

1) 이사하다 ●	● 이 옷을 입으세요.
2) 저녁을 먹고 있다 ●	● 제가 도와 드릴게요.
3) 내일 면접 보러 가다 ●	● 친구가 우리 집에 왔어요.
4) 날씨가 많이 춥거나 덥다 ●	● 삼계탕을 처음 먹었어요.
5) 작년에 한국에 가다 ●	● 이 약을 드세요.
6) 감기에 걸리다 ●	● 외출하기 싫어요.

1) 이사할 때 제가 도와 드릴게요. _____

2) _____

3) _____

4) _____

5) _____

6) _____

4 依範例，用下列提供的理由，回答問句。

1)

A：한국어를 왜 배워요?

B： (남자 친구가 한국 사람이다)

→ 남자 친구가 한국 사람이어서 한국어를 배워요.

→ 남자 친구가 한국 사람이기 때문에 한국어를 배워요.

2)

A：오늘은 학교에 안 가요?

B： (오늘은 공휴일이다) ※공휴일：假日、公休日

→ 네, _____

→ 네, _____

3)

A : 오늘도 퇴근 후에 여자 친구를 만나요?

B : (오늘은 일이 많다)

→ 아니요,＿＿＿＿＿＿＿＿＿＿＿＿＿＿＿＿＿＿＿＿

→ 아니요,＿＿＿＿＿＿＿＿＿＿＿＿＿＿＿＿＿＿＿＿

4)

A : 이 식당에 자주 와요?

B : (음식도 맛있고 서비스도 좋다)

→ 네,＿＿＿＿＿＿＿＿＿＿＿＿＿＿＿＿＿＿＿＿＿＿

→ 네,＿＿＿＿＿＿＿＿＿＿＿＿＿＿＿＿＿＿＿＿＿＿

5)

A : 저녁 안 먹어요?

B : (요즘 다이어트를 하다)

→ 네,＿＿＿＿＿＿＿＿＿＿＿＿＿＿＿＿＿＿＿＿＿＿

→ 네,＿＿＿＿＿＿＿＿＿＿＿＿＿＿＿＿＿＿＿＿＿＿

6)

A : 어제도 등산을 갔어요?

B : (어제는 비가 오다)

→ 아니요,＿＿＿＿＿＿＿＿＿＿＿＿＿＿＿＿＿＿＿＿

→ 아니요,＿＿＿＿＿＿＿＿＿＿＿＿＿＿＿＿＿＿＿＿

7)

A : 아직도 배가 안 고파요?

B : (아침을 늦게 먹다)

→ 네,＿＿＿＿＿＿＿＿＿＿＿＿＿＿＿＿＿＿＿＿＿＿

→ 네,＿＿＿＿＿＿＿＿＿＿＿＿＿＿＿＿＿＿＿＿＿＿

5 下列每句都有錯誤，請改錯。

1) 그 아이는 울으면서 집에 갔어요.

→ _____

2) 우리 걸으면서 얘기해요.

→ _____

3) 저는 이 노래를 들을 때마다 첫사랑이 생각나요.

→ _____

4) 우리가 극장에 도착할 때 영화는 이미 시작되었어요.

→ _____

5) 어제는 너무 피곤하기 때문에 저녁도 안 먹고 일찍 잤어요.

→ _____

6 翻譯練習。

1) 不管是星期六還是星期天我都可以。

→ _____

2) 我小時候的夢想是（當）醫生。

→ _____

3) 考試的時候請不要太緊張。

→ _____

4) 最近因為考試，所以壓力很大。

→ _____

5) 因為塞車，所以遲了。

→ _____

7 向班上同學說說看自己學韓文的理由。

第二課　한국말을 잘했으면 좋겠어요. (希望很會講韓文。)

1 填填看：從下列的形容詞原型中選出正確的，並用句型「～게」填空。

| 깨끗하다　　따뜻하다　　예쁘다　　짜다　　재미있다　　멋있다 |

1) 이거 선물할 거예요. _____ 포장해 주세요.

2) 그 TV 프로그램 너무 웃겨요. 일요일마다 아주 _____ 보고 있어요.

3) 날씨가 많이 추워요. 옷을 _____ 입으세요.

4) 현빈 씨, 내일 크리스마스 파티가 있어요. _____ 입고 오세요.

5) 방이 너무 더러워요. 방 좀 _____ 청소하세요.

6) 소금은 조금만 넣으세요. _____ 먹으면 건강에 안 좋아요. ※넣다：放進、加

| 크다　　　쉽다　　　바쁘다　　　맵다　　　짧다　　　싸다 |

7) 요즘 날씨가 너무 더워요. 그래서 머리를 _____ 잘랐어요.

8) 이 책으로 공부하면 한국어를 _____ 배울 수 있어요.

9) 이 노트북 우리 가게에서는 백화점보다 삼만 원 _____ 팔아요.

10) 언니는 요즘 결혼 준비 때문에 아주 _____ 지내고 있어요.

11) 잘 안 보여요. 좀 더 _____ 써 주세요. ※보이다：看見、看到

12) 저는 매운 거 못 먹어요. _____ 해 주세요.

2 依範例，看圖並用下列提供的單字，造兩種意思相同的句子。

1)

【제 / 취미 / 음악 / 듣다】

→ 제 취미는 음악 듣기예요.

→ 제 취미는 음악 듣는 것이에요.

2)

【제 / 취미 / 그림 / 그리다】

→ _____

→ _____

3)

【저 / 피아노 / 치다 / 좋아하다】

→ _____

→ _____

4)

【저 / 사진 / 찍다 / 좋아하다】

→ _____

→ _____

5)

【자전거 / 타다 / 건강 / 좋다】

→ _____

→ _____

6)

【한국어 / 쓰다 / 말하다 / 보다 / 더 / 어렵다】

→ _____

→ _____

3 填填看：從下列選出正確的，並用句型「～기」填空。

| 영화를 보다 | 등산하다 | 친구들을 만나다 |
| 운동하러 가다 | 출퇴근하다 | 지하철을 타다 |

이효리 : 이번 주 일요일 저녁에 집들이를 하려고 해요.
　　　　종국 씨 그날 시간 있으면 우리 집 구경하러 오세요.

김종국 : 알았어요. 꼭 갈게요.
　　　　그런데, 효리 씨 갑자기 왜 이사를 했어요?

이효리 : 예전 집은 회사에서 너무 멀어서 1)＿＿＿＿＿＿ 나쁘고
　　　　교통도 불편해서 주말에 2)＿＿＿＿＿＿ 도 힘들었어요.
　　　　그래서 이번에 회사 근처로 이사했어요.

김종국 : 새 집은 마음에 들어요?

이효리 : 네, 지하철역에서 가까워서 3)＿＿＿＿＿＿ 도 편하고요,
　　　　집 뒤에 산이 있어서 주말에 4)＿＿＿＿＿＿ 도 아주 좋아요.
　　　　가까운 곳에 백화점과 극장이 있어서 쇼핑하거나 5)＿＿＿＿＿＿ 도
　　　　참 편리하고요, 근처에 공원도 있어서 얼마 전부터 아침마다
　　　　동생과 같이 공원에 6)＿＿＿＿＿＿ 시작했어요.

4 依範例，連連看，並造句。

1) 밖이 너무 시끄러워요. ●————● 좀 조용하다	
2) 배가 고파요. ● ● 한국으로 어학연수를 가다	
3) 피곤하고 머리도 아파요. ● ● 형이나 동생이 있다	
4) 취미가 노래 부르기예요. ● ● 빨리 밥을 먹다	
5) 한국어를 잘하고 싶어요. ● ● 일찍 퇴근하다	
6) 형제가 없어요. ● ● 나중에 가수가 되다	
7) 담배는 건강에 나빠요. ● ● 오빠가 담배를 끊다	

1) 밖이 너무 시끄러워요. 좀 조용하면 좋겠어요.

= 밖이 너무 시끄러워요. 좀 조용했으면 좋겠어요.

2) _____

= _____

3) _____

= _____

4) _____

= _____

5) _____

= _____

6) _____

= _____

7) _____

= _____

5 下列每句都有錯誤，請改錯。

1) 두 분 오래오래 행복하게 살세요.

→ _____

2) 저는 음식 만드는 것을 아주 좋아해요.

→ _____

3) 제 방이 더 크고 싶어요.

→ _____

4) 이번 시험은 쉽었으면 좋겠어요.

→ _____

6 翻譯練習。

1)（你覺得）我送什麼禮物給朋友好呢？ → _____

2) 韓文學起來很簡單（容易）。 → _____

3) 希望很會講韓文。 → _____

4) 希望像藝人一樣漂亮。 → _____

5) 聖誕節快樂！ → _____

6) 新年快樂！ → _____

7 向班上同學說說看自己新年的願望是什麼。

第三課　여보세요, 거기 여행사지요?
（喂。那裡是旅行社，沒錯吧？）

1 依範例，看圖案並用下列提供的單字造句看看。

1) 호동 씨는 <u>지금 운동하는 중이에요.</u>　= <u>호동 씨는 지금 운동하고 있어요.</u>

2) 현빈 씨는 ＿＿＿＿＿＿＿＿＿＿＿＿＿　＝ ＿＿＿＿＿＿＿＿＿＿＿＿＿＿＿

3) 영준 씨는 ＿＿＿＿＿＿＿＿＿＿＿＿＿　＝ ＿＿＿＿＿＿＿＿＿＿＿＿＿＿＿

4) 근우 씨는 ＿＿＿＿＿＿＿＿＿＿＿＿＿　＝ ＿＿＿＿＿＿＿＿＿＿＿＿＿＿＿

5) 창미 씨는 ＿＿＿＿＿＿＿＿＿＿＿＿＿　＝ ＿＿＿＿＿＿＿＿＿＿＿＿＿＿＿

6) 윤지 씨는 ＿＿＿＿＿＿＿＿＿＿＿＿＿　＝ ＿＿＿＿＿＿＿＿＿＿＿＿＿＿＿

7) 혜영 씨는 ＿＿＿＿＿＿＿＿＿＿＿＿＿　＝ ＿＿＿＿＿＿＿＿＿＿＿＿＿＿＿

8) 민지 씨는 ＿＿＿＿＿＿＿＿＿＿＿＿＿　＝ ＿＿＿＿＿＿＿＿＿＿＿＿＿＿＿

음악을 듣다	운동하다	음식을 만들다
책을 읽다	낮잠을 자다	식사하다
운전하다	텔레비전을 보다＋과자를 먹다	

2 依範例，看圖案並用下列提供的動詞造三種句子。

1)

【주다 / 받다】

지훈 씨가 나경 씨에게 선물을 줬어요.

= 나경 씨는 지훈 씨에게서 선물을 받았어요.

= 나경 씨는 지훈 씨한테서 선물을 받았어요.

2)

【주다 / 받다】　　　　　　　　※꽃다발：花束

_____

= _____

= _____

3)

【보내다 / 받다】

_____

= _____

= _____

4)

【빌려 주다 / 빌리다】

_____

= _____

= _____

5)

【얘기하다 / 듣다】

_____

= _____

= _____

6)

【가르치다 / 배우다】

_____

= _____

= _____

3 依範例，用提供的單字，回答問句。

1) A : 누구에게서 편지가 왔어요? 【고향 친구】

　　B : <u>고향 친구에게서 왔어요.</u>

2) A : 방금 누구한테서 전화가 왔어요? 【동생】

　　B : _____

3) A : 현빈 씨에게서 메일이 왔어요? 【시원 씨】

　　B : 아니요, _____

4) A : 그 선물 남자 친구한테서 받았어요? 【학교 후배】

　　B : 아니요, _____

5) A : 그 책 친구에게서 빌렸어요? 【도서관】

　　B : 아니요, _____

4 依照下列圖案，回答問句。

1)

A : 저 남자 미국 사람이에요?

B : <u>아니요, 미국 사람이 아니라 영국 사람이에요.</u>

2)

A : 윤아 씨는 모델이에요?

B : _____

3)

A : 수영 씨는 지금 수업 중이에요?

B : _____

4)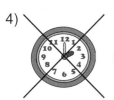

A : 이 영화 2시에 시작해요?

B : _____

5)

A : 영어 시험도 목요일에 봐요?

B : _____

6)

A : 금요일 저녁마다 일어를 배우지요?

B : _____

7)

A : 오늘 점심에 햄버거 먹었지요?

B : _____

5 依範例，參考回答的部分，並用句型「～지요?」，完成疑問句。

1) A : 남편이 <u>중학교 선생님이지요</u>?

   B : 네, 중학교 선생님이에요.

2) A : 시원 씨는 지금 _____?

   B : 네, 회의 중이에요.

3) A : 이거 _____?

   B : 네, 조금 비싸요.

4) A : 오늘 많이 _____?

   B : 네, 너무 추워요.

5) A : 수지 씨 ＿＿＿＿＿＿＿？

    B : 네, 운전할 수 있어요.

6) A : 이 식당에 ＿＿＿＿＿＿＿？

    B : 네, 자주 와요.

7) A : 반장한테서 연락 ＿＿＿＿＿＿＿？

    B : 네, 받았어요.

8) A : 다영 씨 결혼식에 ＿＿＿＿＿＿＿？

    B : 네, 갈 거예요.

6 填填看：從下列選出正確的句子填入空格。

잠시만 기다리세요.　　　　글쎄요, 잘 모르겠어요.　　　　그런데요. 전화 잘못 거셨습니다.　　　이따가 다시 전화할게요.

1) A : 여보세요? 거기 중국집이지요?

    B : 아니요, ＿＿＿＿＿＿＿＿＿＿

2) A : 여보세요? 거기 이효리 씨 댁이지요?

    B : 네, ＿＿＿＿＿＿＿＿＿＿

3) A : 호동 씨 좀 바꿔 주세요.

    B : 네, ＿＿＿＿＿＿＿＿＿＿

4) A : 윤아 씨, 지금 통화 가능해요?

    B : 지금 좀 바빠요. 제가 ＿＿＿＿＿＿＿＿＿＿

5) A : 정우 씨 몇 시쯤 돌아올까요?

    B : ＿＿＿＿＿＿＿＿＿＿

7 下列每句都有錯誤，請改錯。

1) 아내는 지금 저녁을 만들는 중이에요.

→ _____ .

2) 일본 친구한테서 편지를 왔어요.

→ _____ .

3) 방금 회사에게서 전화가 왔어요.

→ _____ .

4) 어제 제 문자 받지요?

→ _____ .

8 翻譯練習。

1) 正在回家的路上。（韓文：正在回家中。）→ _____ .

2) 跟朋友借了相機。 → _____ .

3) 這台筆電不是我的，而是朋友的。 → _____ .

4) 你是韓國人吧？ → _____ .

5) 現在方便通電話嗎？ → _____ .

6) 麻煩您讓多瑛小姐聽電話。 → _____ .

9 和班上同學模擬通電話看看。

第四課　내일은 비가 오겠습니다.
（明天會下雨。）

1 將以下動詞與形容詞的原型，改成它們的「過去、現在、未來」正式的說法。

	原型	過去	現在	未來（或推測）
1	가다	갔습니다	갑니다	갈 겁니다
2	오다			
3	만나다			
4	기다리다			
5	앉다			
6	보다			
7	읽다			
8	듣다			
9	먹다			
10	마시다			
11	놀다			
12	걷다			
13	주다			
14	받다			
15	사다			
16	가르치다			
17	배우다			
18	살다			
19	만들다			
20	닫다			
21	열다			
22	입다			
23	벗다			
24	쓰다			

	原型	過去	現在	未來（或推測）
25	쉬다			
26	일하다			
27	운동하다			
28	외출하다			
29	자르다			
30	알다			
31	모르다			
32	묻다			
33	믿다			
34	비싸다			
35	맛있다			
36	재미없다			
37	배고프다			
38	배부르다			
39	크다			
40	작다			
41	많다			
42	적다			
43	바쁘다			
44	아프다			
45	예쁘다			
46	춥다			
47	덥다			
48	어렵다			
49	맵다			
50	가깝다			
51	멀다			
52	다르다			
53	빠르다			

第四課

2 依範例，將以下動詞的原型，應用於各種句型。

	動詞原型	～아요/어요/해요	～ㅂ시다/읍시다	～십시오/으십시오
1	가다	가요	갑시다	가십시오
2	만나다			
3	보다			
4	도와주다			
5	찾다			
6	듣다			
7	걷다			
8	받다			
9	믿다			
10	닫다			
11	열다			
12	만들다			
13	살다			

3 依範例，請將下列的句子，全部改成正式的說法。

1) 이 아이는 제 딸이에요. → 이 아이는 제 딸입니다.

2) 취미가 뭐예요? → _____

3) 이것은 제 물건이 아니에요. → _____

4) 여기는 예전에 동물원이었어요. → _____

5) 수업은 5시에 끝나요. → _____

6) 제 여동생은 부산에 살아요. → _____

7) 미혜 씨는 소고기를 먹지 않아요. → _____

8) 주말에 뭐 할 거예요? → _____

9) 저녁에 김치찌개를 만들 거예요. → _____

10) 어제 친구를 만나서 영화를 봤어요. → _____

11) 너무 바빠서 점심도 못 먹었어요. → _____

12) 우리 다음 주에 같이 식사해요. → _____

13) 우리 밥 먹고 노래방에 가요. → _____

14) 문 좀 열어 주세요. → _____

15) 담배를 끊으세요. → _____

16) 술을 너무 자주 마시지 마세요. → _____

---

4 依範例，用句型「～겠다」，完成對話。

1) A : 박 선생님댁에는 언제 가시겠습니까?

   B : 토요일 아침에 <u>가겠습니다</u>.

2) 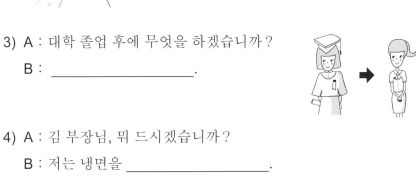 A : 누가 마이클 씨에게 연락할래요?

   B : 제가 _____.

3) A : 대학 졸업 후에 무엇을 하겠습니까?

   B : _____.

4) A : 김 부장님, 뭐 드시겠습니까?

   B : 저는 냉면을 _____.

5) A : 손님, 무엇을 _____ ?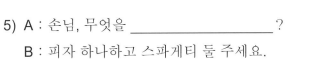

   B : 피자 하나하고 스파게티 둘 주세요.

6) A : 손님, 어떻게 _____ ?

   B : 신용카드로 하겠습니다.

第四課

5 依範例，參考下面的表，造預測天氣的句子看看。

	세계 주요 도시 （世界主要都市）	내일 날씨 （明天的天氣）	낮 최고기온 （白天最高氣溫）
1	서울（首爾）		-10℃
2	타이페이（台北）		14℃
3	도쿄（東京）		-3℃
4	뉴욕（紐約）		2℃
5	런던（倫敦）		-7℃
6	시드니（雪梨）		26℃

1) 내일 서울은 눈이 내리고 춥겠습니다. 낮 최고기온은 영하 10도가 되겠습니다.

2) _____

3) _____

4) _____

5) _____

6) _____

6 連連看。（右邊是聽別人講左邊那句之後的反應）

1) 어제 늦게까지 일했어요. •   • 기분이 좋겠어요.

2) 시험을 아주 잘 봤어요. •   • 배고프겠어요.

3) 지갑을 잃어버렸어요. •   • 속상하겠어요.

4) 바빠서 점심 식사도 못 했어요. •   • 피곤하겠어요.

5) 우리 집 아래층은 노래방이에요. •   • 맛있겠어요.

6) 이 케이크 제가 직접 만들었어요. •   • 스키를 잘 타겠어요.

7) 미국에서 6년 동안 살았어요. •   • 좀 시끄럽겠어요.

8) 저는 8살 때부터 스키를 탔어요. •   • 배가 정말 불렀겠어요.

9) 오늘 아침에 늦게 일어났어요. •   • 영어를 잘하겠어요.

10) 어제 저 혼자 갈비 3인분을
    다 먹었어요. •   • 정말 더웠겠어요.

11) 그저께 서울 낮 최고기온이
    35도였어요. •   • 수업에 늦었겠어요.

7 依範例，參考下列提供的單字，填入空格。

1) A : 배를 살까요? 사과를 살까요? 【비싸다】

   B : 배는 비싸니까 사과를 사요.

₩4500   ₩1700

2) A : 이 드라마 재미있어요? 【재미있다】

   B : 네, 정말 _____ 꼭 보세요.

3) A : 우리 택시 타고 갈까요? 【막히다】

   B : 이 시간에는 보통 차가 _____ 지하철 타고 갑시다.

4) A : 테니스 치러 갈래요? 【덥다】

   B : 오늘은 날씨가 _____ 수영을 하러 가요.

5) A : 우리 떡볶이 먹을까요？【맵다】

　　B : 떡볶이는 ＿＿＿＿＿＿ 김밥 먹어요.

6) A : 호동 씨한테는 누가 얘기할래요？【살다】

　　B : 호동 씨는 우리 옆집에 ＿＿＿＿＿＿ 제가 얘기할게요.

7) A : 자장면 시킬까요?【먹다】

　　B : 자장면은 어제도 ＿＿＿＿＿＿ 오늘은 짬뽕 시킵시다.

8 依範例，連連看，並造句。

1) 이번 시험은 아주 중요해요. ●	● 나중에 다시 전화 주세요.
2) 지유 씨는 지금 회의 중이에요. ●	● 불고기를 시키세요.
3) 마이클 씨는 매운 음식 잘 못 먹어요. ●	● 열심히 공부하세요.
4) 그 서점은 여기에서 가까워요. ●	● 곧 괜찮아질 거예요.
5) 밖에 바람이 많이 불어요. ●	● 걸어갑시다.
6) 방금 약을 먹었어요. ●	● 창문을 열지 마세요.

※곧：馬上 / 괜찮아지다：變好

1) 이번 시험은 아주 중요해요. 그러니까 열심히 공부하세요.

　　＝ 이번 시험은 아주 중요하니까 열심히 공부하세요.

2) ＿＿＿＿＿＿＿＿＿＿＿＿＿＿＿＿＿＿＿＿＿＿＿＿＿＿＿＿＿

　　＝ ＿＿＿＿＿＿＿＿＿＿＿＿＿＿＿＿＿＿＿＿＿＿＿＿＿＿＿

3) ＿＿＿＿＿＿＿＿＿＿＿＿＿＿＿＿＿＿＿＿＿＿＿＿＿＿＿＿＿

　　＝ ＿＿＿＿＿＿＿＿＿＿＿＿＿＿＿＿＿＿＿＿＿＿＿＿＿＿＿

4) ＿＿＿＿＿＿＿＿＿＿＿＿＿＿＿＿＿＿＿＿＿＿＿＿＿＿＿＿＿

　　＝ ＿＿＿＿＿＿＿＿＿＿＿＿＿＿＿＿＿＿＿＿＿＿＿＿＿＿＿

5) _____

   = _____

6) _____

   = _____

9 下列每句都有錯誤，請改錯。

1) 제 여동생은 일본 사람과 결혼해서 지금 도쿄에 살습니다.

   → _____

2) 어제는 바람도 불지 않고 아주 덥었습니다.

   → _____

3) 내일은 우리 같이 김치를 만들십시다.

   → _____

4) 오늘은 아주 춥으니까 옷을 따뜻하게 입으세요.

   → _____

10 翻譯練習。

1) 部長，您要喝咖啡嗎？ → _____

2) 你一定很擔心你女兒。 → _____

3) 我現在很忙，我們晚一點再通電話吧。 → _____

4) 外面下雨，請你帶雨傘去。 → _____

5) A：你午餐還沒吃嗎？ → _____

   B：是，還沒。 → _____

11 將教科書第一課至第三課會話內容全改成正式說法，再次練習看看。

教科書：22頁，23頁 / 36頁，37頁 / 50頁，51 頁。

【複習題目】第一課～第四課

1 從下列選出適當的連接詞填入空格。（可複選）

> 그리고 　 그러면 　 그래서 　 그러니까 　 그렇지만

1) 아침에 도서관에 공부하러 갔어요. _____ 저녁에는 친구를 만났어요.

2) 저녁을 적게 먹고 운동을 해 보세요. _____ 날씬해질 거예요.

3) 어제 늦게 잤어요. _____ 지금 너무 피곤해요.

4) 이 집 음식은 아주 맛있어요. _____ 가격이 비싸서 자주 못 먹어요.

5) 지금 출근시간이어서 길이 많이 막힐 거예요. _____ 지하철을 탑시다.

6) 제 동생은 공부를 아주 잘해요. _____ 운동은 못해요.

7) 그 책은 저한테 너무 어려웠어요. _____ 다른 책으로 바꿨어요.

8) 오늘은 날씨가 아주 추워요. _____ 비가 많이 내려요.

9) 저기에서 오른쪽으로 돌아가세요. _____ 우체국이 보일 거예요.

10) 시원 씨는 지금 회의 중일 거예요. _____ 조금 이따가 전화하세요.

2 選出正確的答案。

1) 생일날 남자 친구 _____ 무슨 선물을 받았어요?
　 ① 를 　　　　 ② 께서 　　　　 ③ 한테서 　　　　 ④ 랑

2) 규현 씨, 방금 회사_____ 전화가 왔어요.
　 ① 에게서 　　 ② 한테서 　　 ③ 에서 　　　　 ④ 부터

3) 가수_____ 노래를 잘했으면 좋겠어요.
　 ① 나 　　　　 ② 마다 　　　　 ③ 와 　　　　　 ④ 처럼

4) 주말에는 _____ 뭐 해요?
　 ① 다 　　　　 ② 주로 　　　　 ③ 자주 　　　　 ④ 아마

5) 라디오를 _____ 숙제를 했어요.
① 들면서　　　② 들으면서　　　③ 들었으면서　　　④ 들으면서

6) 자장면은 어제도 _____ 다른 거 시킵시다.
① 먹었어서　　② 먹었으니까　　③ 먹기 때문에　　④ 먹어서

7) A : 제 외국 친구가 불고기를 좋아할까요?
　 B : 네, 불고기는 _____ 좋아할 거예요.
① 아주 맵기 때문에　　　　　② 너무 매워서
③ 맵지 않으니까　　　　　　④ 맵지 않으면서

8) A : 손님, 어떻게 _____ ?
　 B : 현금으로 하겠습니다.
① 계산하시겠습니까　　　　② 계산할래요
③ 하겠습니까　　　　　　　④ 할 거예요

9) A : 방금 지갑을 잃어버렸어요.
　 B : 많이 _____ .
① 슬프겠어요　　② 창피하겠어요　　③ 피곤하겠어요　　④ 속상하겠어요

3 選出單字之間關係不同的組合。

1) ① 봄 — 따뜻하다　　　② 여름 — 시원하다
　 ③ 가을 — 단풍이 들다　　④ 겨울 — 눈이 오다

2) ① 입학하다 — 졸업하다　　② 출석하다 — 결석하다
　 ③ 질문하다 — 대답하다　　④ 연습하다 — 복습하다

3) ① 귀엽게 — 결혼하다　　② 즐겁게 — 보내다
　 ③ 바쁘게 — 일하다　　　④ 싸게 — 사다

4 選出下面兩合併句正確的答案。

1) ┌──────────────────────────┐
　 │ 날씨가 더워요. 아이스크림을 먹읍시다. │
　 └──────────────────────────┘
① 날씨가 덥기 때문에 아이스크림을 먹읍시다.
② 날씨가 덥지만 아이스크림을 먹읍시다.
③ 날씨가 더워서 아이스크림을 먹읍시다.
④ 날씨가 더우니까 아이스크림을 먹읍시다.

2) 명동에서 친구를 만났습니다. 함께 저녁을 먹었습니다.

  ① 명동에서 친구를 만났어서 함께 저녁을 먹었습니다.
  ② 명동에서 친구를 만나면 함께 저녁을 먹었습니다.
  ③ 명동에서 친구를 만나서 함께 저녁을 먹었습니다.
  ④ 명동에서 친구를 만날 때 함께 저녁을 먹었습니다.

5 依範例，用下列提供的單字造句。

> 【例】싫어요 / 테니스나 / 배우고 / 동안 / 수영을 / 여름방학 / 저는
> → 저는 여름방학 동안 테니스나 수영을 배우고 싶어요.

1) 먹고 / 친구한테서 / 왔어요 / 있을 때 / 저녁을 / 전화가

  → _____

2) 있어서 / 근처에 / 지하철 / 편해요 / 집 / 타기 / 지하철역이

  → _____

3) 출근하십시오 / 회의가 / 아침에 / 중요한 / 7시까지 / 내일 / 있으니까

  → _____

6 閱讀後，回答問題。

> 한국은 사계절이 분명한 나라입니다.
> 한국의 봄은 3월부터 5월까지입니다. 3월에는 조금 춥지만 4월부터는 날씨가 ___㉠___ 꽃도 많이 핍니다. 개나리, 진달래, 벚꽃 모두 봄을 상징하는 꽃들입니다. 특히, 4월 초에는 많은 사람들이 벚꽃 구경을 갑니다.
> 한국의 여름은 6월부터 8월까지입니다. 날씨가 덥습니다. 6월 말부터 7월 말까지는 장마철입니다. 비가 많이 오니까 우산을 항상 가지고 다닙니다. 장마가 끝나면 날씨가 아주 많이 ___㉡___. 사람들은 바다나 산으로 피서를 갑니다.
> 한국의 가을은 9월부터 11월까지입니다. 가을 날씨는 맑고 ___㉢___. 특히, 10월 중순부터는 단풍이 듭니다. 단풍은 참 아름답습니다. 11월 부터는 날씨가 많이 쌀쌀합니다.
> 한국의 겨울은 12월부터 2월까지입니다. 겨울에는 ___㉣___ 춥습니다. 많은 사람들이 스키장이나 스케이트장으로 놀러 갑니다.

1) 選出搭配錯誤的答案。

① ㉠ ― 따뜻해서　　　② ㉡ ― 더워집니다

③ ㉢ ― 흐립니다　　　④ ㉣ ― 눈이 오고

2) 從下列四項當中選出符合此文章的內容。

① 봄에는 단풍이 듭니다.

② 한국의 여름은 덥지 않습니다.

③ 가을에는 흐리고 비가 자주 내립니다.

④ 겨울에는 사람들이 스키를 타러 갑니다.

> ※사계절：四季
> 개나리 / 진달래 / 벚꽃：
> 迎春花 / 杜鵑花 / 櫻花
> 벚꽃 구경：【名詞】賞櫻花
> 상징하다：【動詞】象徵
> 피서：【名詞】避暑

7 翻譯練習。

※1～53：請用敬語、口語的說法造句。

1) 你要不要喝咖啡或茶？ → _____

2) 不管是星期六還是星期天我都可以。 → _____

3) 請不要吃太鹹或太辣的食物。 → _____

4) 朋友現在正在邊吃餅乾邊看電視。 → _____

5) 我總是邊聽音樂邊做功課。 → _____

6) 暑假的時候，我要去韓國旅遊。 → _____

7) 開會時手機請關機。 → _____

8) 我小時候的夢想是當歌手。 → _____

9) 因為男友是韓國人，所以學韓文。 → _____

10) 因為喜歡韓劇，所以學韓文。 → _____

11) 昨天因為很不舒服，所以沒能去學校。 → _____

12) 你怎麼了？有什麼煩惱嗎？ → _____

13) 很擔心明天的考試。 → _____

14) 暑假開始了。 → _____

15) 暑假結束了。 → _____

16) 我妹妹長得很可愛。 → _____

17) 用餐愉快！ → _____

18) 這台相機，我在網路上買得很便宜。 → _____

19) 我的興趣是照相。 → _____

20) 我喜歡畫畫。 → _____

21) 韓語學起來很容易。 → _____

22) 從昨天晚上開始咳嗽。 → _____

23) 懶得外出。 → _____

24) 希望明天天氣很好。 → _____

25) 希望我的家人都很健康。 → _____

26) 聖誕節快樂！ → _____

27) 新年快樂！ → _____

28) 你新年的願望是什麼？ → _____

29) 恭喜發財！ → _____

30) 多瑛小姐現在通話中。 → _____

31) 我當時開會中。 → _____

32) 從朋友（那邊）收到了生日禮物。 → _____

33) 剛才從學校（那邊）來了電話。 → _____

34) 跟同事借了錢。 → _____

35) 我不是日本人，而是台灣人。 → _____

36) 我不是在銀行，而是在旅行社上班。 → _____

37) 我點的不是咖啡，而是紅茶。 → _____

38) 你是韓國人，沒錯吧？ → _____

39) 喂。那裡是旅行社，沒錯吧？ → _____

40) 這齣連續劇真的很好看吧？ → _____

41) 你收到我的email了吧？ → _____

42) 你剛才和誰通電話？ → _____

43) 現在方便通電話嗎？ → _____

44) 麻煩您讓多瑛小姐聽電話。 → _____

45) 多瑛小姐，請接電話。 → _____

46) 一定很開心。 → _____

47) 一定很累。 → _____

48) 一定很好吃。 → _____

49) 一定很擔心。 → _____

50) 一定很緊張。 → _____

51) 還沒。 → _____

52) 下週有考試，所以請你用功唸書。 → _____

53) 外面下雨，所以請你帶雨傘去。 → _____

※54～73：請用正式的說法造句。

54) 這裡是我房間。 → _____

55) 你的興趣是什麼？ → _____

56) 我不是韓國人。 → _____

57) 姑姑以前是歌手。 → _____

58) 這裡以前是醫院。 → _____

59) 你星期幾學韓文？ → _____

60) 這件衣服不貴。 → _____

61) 暑假的時候我想打工。 → _____

62) 我住台北。 → _____

63) 我昨天沒去學校。 → _____

64) 什麼時候要和男朋友結婚？ → _____

65) 我們搭計程車過去吧。 → _____

66) 請幫忙。 → _____

67) 我要開動了。 → _____

68) 我等一下再點（菜）。 → _____

69) 客人，您要怎麼結帳？ → _____

70) 我要付現金。 → _____

71) 我要刷卡。 → _____

72) 明天會下雨。 → _____

73) 氣象報告說「明天會冷」。 → _____

십자말 풀이 (填字遊戲)

1		2					10			
				11				12		
	3								13	
4				15				14		
		16	17			20				
5			18							
6					21	22				
		19								
7	8				23			24		
9		25								

가로 열쇠 (橫的提示)

1) 冰淇淋

3) 耳機

4) 老歌（類似演歌）

6) 鋼琴

7) 再、重複（【副詞】）

9) 高爾夫球

11) 請小心（敬語、口語）

14) 記者

15) 流行歌

16) 香菸

18) 故鄉

19) 瑜伽

21) 交通事故

23) 一整天

25) 喝杯酒（【動詞】原型）

세로 열쇠 (直的提示)

1) 兒子

2) 溜冰（冰刀）

5) 丟臉（【形容詞】原型）

8) 鄉下

10) 無聊（【形容詞】現在式口語）

12) 打折、促銷

13) 簡訊

15) 家族、家人

17) 肚子餓（【形容詞】現在式口語）

20) 宿舍

22) 通電話（【動詞】原型）

24) 日記

第五課　제일 좋아하는 과일이 뭐예요?
（你最喜歡的水果是什麼？）

1 依範例，用下列提供的句子原型，造「表示能力」的各種句子。

1) 【피아노를 치다】

① 피아노를 칠 줄 압니다.
= 피아노를 칠 줄 알아요.
= 피아노를 칠 수 있어요.

② 피아노를 잘 칠 줄 압니다.
= 피아노를 잘 칠 줄 알아요.
= 피아노를 잘 칠 수 있어요.
= 피아노를 잘 쳐요.

③ 피아노를 조금 칠 줄 압니다.
= 피아노를 조금 칠 줄 알아요.
= 피아노를 조금 칠 수 있어요.
= 피아노를 조금 쳐요.

④ 피아노를 칠 줄 모릅니다.
= 피아노를 칠 줄 몰라요.
= 피아노를 칠 수 없어요.
= 피아노를 못 쳐요.

2) 【한국말을 하다】

①　_____
=　_____
=　_____

②　_____
=　_____
=　_____

③　_____
=　_____
=　_____
=　_____

④　_____
=　_____
=　_____

3) 【스키를 타다】

①　_____
=　_____
=　_____

②　_____
=　_____
=　_____
=　_____

③　_____
=　_____
=　_____
=　_____

④　_____
=　_____
=　_____

4) 【 한국 음식을 만들다 】

① ＿＿＿＿＿＿＿＿＿＿＿＿
＝ ＿＿＿＿＿＿＿＿＿＿＿＿
＝ ＿＿＿＿＿＿＿＿＿＿＿＿

② ＿＿＿＿＿＿＿＿＿＿＿＿
＝ ＿＿＿＿＿＿＿＿＿＿＿＿
＝ ＿＿＿＿＿＿＿＿＿＿＿＿
＝ ＿＿＿＿＿＿＿＿＿＿＿＿

③ ＿＿＿＿＿＿＿＿＿＿＿＿
＝ ＿＿＿＿＿＿＿＿＿＿＿＿
＝ ＿＿＿＿＿＿＿＿＿＿＿＿
＝ ＿＿＿＿＿＿＿＿＿＿＿＿

④ ＿＿＿＿＿＿＿＿＿＿＿＿
＝ ＿＿＿＿＿＿＿＿＿＿＿＿
＝ ＿＿＿＿＿＿＿＿＿＿＿＿
＝ ＿＿＿＿＿＿＿＿＿＿＿＿

2 依照下列表格，造句看看。

	O	X
1	영어를 하다	스페인어를 하다
2	축구를 하다	야구를 하다
3	테니스를 치다	골프를 치다
4	피아노를 치다	기타를 치다
5	스키를 타다	스케이트를 타다
6	자전거를 타다	오토바이를 타다
7	라면을 끓이다	김치찌개를 끓이다
8	과자를 만들다	케이크를 만들다

1) 저는 영어는 할 줄 알지만 스페인어는 할 줄 몰라요.

2) 저는 ＿＿＿＿＿＿＿＿＿＿＿＿＿＿＿＿＿＿＿＿＿

3) 저는 ＿＿＿＿＿＿＿＿＿＿＿＿＿＿＿＿＿＿＿＿＿

4) ＿＿＿＿＿＿＿＿＿＿＿＿＿＿＿＿＿＿＿＿＿＿

5) ＿＿＿＿＿＿＿＿＿＿＿＿＿＿＿＿＿＿＿＿＿＿

6) ＿＿＿＿＿＿＿＿＿＿＿＿＿＿＿＿＿＿＿＿＿＿

7) ＿＿＿＿＿＿＿＿＿＿＿＿＿＿＿＿＿＿＿＿＿＿

8) ＿＿＿＿＿＿＿＿＿＿＿＿＿＿＿＿＿＿＿＿＿＿

3 依照下列表格，完成對話。

	중학교 때의 경험 （國中時的經驗）	O	X
1	술을 마시다	✓	
2	담배를 피우다		✓
3	선생님을 짝사랑하다	✓	
4	남자 친구를 사귀다 （問男生時改成「여자 친구」）		✓
5	반에서 1등을 하다		✓
6	학교에서 상을 받다	✓	

※짝사랑하다
：單戀、暗戀

1) A : 중학교 때 술을 마셔 본 적 있어요?

   B : _____.

2) A : 중학교 때 담배를 피워 본 적 있어요?

   B : _____.

3) A : 중학교 때 선생님을 짝사랑해 본 적 있어요?

   B : _____.

4) A : 중학교 때 남자 친구를 _____?

   B : _____.

5) A : 중학교 때 반에서 1등을 _____?

   B : _____.

6) A : 중학교 때 학교에서 상을 _____?

   B : _____.

4 依範例，用下列提供的句子原型，造「表示經驗」的各種句子。

1) 【한국에 가다】

한국에 간 적이 있습니다.　　　　　한국에 간 적 있어요.

→ 한국에 가 봤습니다.　　　　　　→ 한국에 가 봤어요.

→ 한국에 가 본 적이 있습니다.　　→ 한국에 가 본 적 있어요.

→ 한국에 갔었습니다.　　　　　　　→ 한국에 갔었어요.

2) 【혼자 여행을 하다】

＿＿＿＿＿＿＿＿＿＿　　　＿＿＿＿＿＿＿＿＿＿

→ ＿＿＿＿＿＿＿＿　　　→ ＿＿＿＿＿＿＿＿

→ ＿＿＿＿＿＿＿＿　　　→ ＿＿＿＿＿＿＿＿

→ ＿＿＿＿＿＿＿＿　　　→ ＿＿＿＿＿＿＿＿

3) 【떡볶이를 먹다】

＿＿＿＿＿＿＿＿＿＿　　　＿＿＿＿＿＿＿＿＿＿

→ ＿＿＿＿＿＿＿＿　　　→ ＿＿＿＿＿＿＿＿

→ ＿＿＿＿＿＿＿＿　　　→ ＿＿＿＿＿＿＿＿

→ ＿＿＿＿＿＿＿＿　　　→ ＿＿＿＿＿＿＿＿

4) 【김치를 직접 만들다】

＿＿＿＿＿＿＿＿＿＿　　　＿＿＿＿＿＿＿＿＿＿

→ ＿＿＿＿＿＿＿＿　　　→ ＿＿＿＿＿＿＿＿

→ ＿＿＿＿＿＿＿＿　　　→ ＿＿＿＿＿＿＿＿

→ ＿＿＿＿＿＿＿＿　　　→ ＿＿＿＿＿＿＿＿

5 用句型「～수 있다/없다」填空，完成對話。（第1～3題，可參考提供的單字）

1) A：내일 제 생일 파티에 올 수 있어요? 【가다】

B：미안해요. 내일 약속이 있어서 ＿＿＿＿＿＿＿.

2) A：잠깐 ＿＿＿＿＿＿＿? 【애기하다】

B：네, 말씀하세요.　　　　　　　※말씀하세요.：請說。（高級敬語）

3) A : 이 책 좀 _____? 【빌려 주다】

　　B : 그럼요. 가져가서 읽으세요.

4) A : 박물관 안에서 사진 찍을 수 있어요?

　　B : 아니요, _____.

5) A : 지하철 안에서 담배 _____?

　　B : 아니요, 피울 수 없어요.

6) A : 이 옷 예쁘지 않아요? 왜 안 사요?

　　B : 예쁘지만 너무 비싸서 _____.

7) A : 운전할 줄 알아요?

　　B : 네, 할 줄 알아요. 하지만 지금은 술을 마셔서 _____.

6 依範例，連連看，並造句。

1) 이 컴퓨터는 고장 나다 ●		● 예전 옷을 입지 못하다
2) 열쇠가 없다 ●		● 사용하지 못하다
3) 동생은 나이가 어리다 ●		● 그 영화를 보지 못하다
4) 살이 많이 찌다 ●		● 집에 들어가지 못하다
5) 며칠 전에 손을 다치다 ●		● 학교에 가지 못했다
6) 어제는 머리가 너무 아프다 ●		● 농구를 하지 못하다

1) 이 컴퓨터는 고장 나서 사용할 수 없어요.

2) _____.

3) _____.

4) _____.

5) _____.

6) _____.

7 依範例，將以下動詞的原型改成可以修飾名詞的樣子。

	動詞原型	動詞（過去）＋名詞	動詞（現在）＋名詞	動詞（未來）＋名詞
1	가다	어제 _간_ 곳	지금 _가는_ 곳	내일 _갈_ 곳
2	오다	어제 ____ 손님	지금 ____ 손님	내일 ____ 손님
3	먹다	어제 ____ 음식	지금 ____ 음식	내일 ____ 음식
4	마시다	어제 ____ 차	지금 ____ 차	내일 ____ 차
5	만들다	어제 ____ 쿠키	지금 ____ 쿠키	내일 ____ 쿠키
6	입다	어제 ____ 옷	지금 ____ 옷	내일 ____ 옷
7	보다	어제 ____ 영화	지금 ____ 영화	내일 ____ 영화
8	구경하다	어제 ____ 동물원	지금 ____ 동물원	내일 ____ 동물원
9	배우다	어제 ____ 내용	지금 ____ 내용	내일 ____ 내용
10	읽다	어제 ____ 책	지금 ____ 책	내일 ____ 책
11	하다	어제 ____ 숙제	지금 ____ 숙제	내일 ____ 숙제
12	빌리다	어제 ____ CD	지금 ____ CD	내일 ____ CD
13	주다	어제 ____ 선물	지금 ____ 선물	내일 ____ 선물
14	받다	어제 ____ 선물	지금 ____ 선물	내일 ____ 선물
15	쓰다	어제 ____ 편지	지금 ____ 편지	내일 ____ 편지
16	부치다	어제 ____ 편지	지금 ____ 편지	내일 ____ 편지
17	보내다	어제 ____ 이메일	지금 ____ 이메일	내일 ____ 이메일
18	부르다	어제 ____ 노래	지금 ____ 노래	내일 ____ 노래
19	듣다	어제 ____ 노래	지금 ____ 노래	내일 ____ 노래
20	사다	어제 ____ 과일	지금 ____ 과일	내일 ____ 과일
21	팔다	어제 ____ 과일	지금 ____ 과일	내일 ____ 과일
22	만나다	어제 ____ 사람	지금 ____ 사람	내일 ____ 사람
23	연락하다	어제 ____ 친구	지금 ____ 친구	내일 ____ 친구
24	예약하다	어제 ____ 식당	지금 ____ 식당	내일 ____ 식당
25	예매하다	어제 ____ 영화표	지금 ____ 영화표	내일 ____ 영화표
26	타다	어제 ____ 버스	지금 ____ 버스	내일 ____ 버스

8 依範例，用提供的動詞填空，完成對話。

1) A : 지금 먹는 아이스크림 무슨 맛이에요? 【먹다】
   B : 딸기 맛이에요.

2) A : 저 사람 알아요? 【모르다】
   B : 아니요, ＿＿＿＿＿＿＿ 사람이에요.

3) A : 제일 ＿＿＿＿＿＿＿ 색깔이 뭐예요? 【좋아하다】
   B : 파란색이에요.

4) A : 노래방에서 자주 ＿＿＿＿＿＿＿ 노래가 뭐예요? 【부르다】
   B : 슈퍼주니어의 '쏘리 쏘리'예요.

5) A : 지금 ＿＿＿＿＿＿＿ 책이 뭐예요? 【읽고 있다】
   B : 해리포터예요.
   ※해리포터 : 哈利波特

6) A : 생일날 가장 ＿＿＿＿＿＿＿ 선물이 뭐예요? 【받고 싶다】
   B : 아이폰이요.
   ※아이폰 : iPhone

7) A : 저 사람은 누구예요? 【오다】
   B : 일본에서 ＿＿＿＿＿＿＿ 토모코 씨예요.

8) A : 어제 ＿＿＿＿＿＿＿ 영화 재미있었어요? 【보다】
   B : 네, 아주 재미있었어요.

9) A : 이 옷 참 예쁘네요. 어디에서 ＿＿＿＿＿＿＿ 거예요? 【사다】
   B : 동대문 시장에서 샀어요.

10) A : 방금 뭐 샀어요? 【먹다】
    B : 내일 아침에 ＿＿＿＿＿＿＿ 빵을 샀어요.

11) A : 지금 어디에 가요? 【만들다】
    B : 슈퍼에 가요. 저녁에 ＿＿＿＿＿＿＿ 음식 재료를 좀 사려고요.
    ※재료 : 材料

9 下列每句都有錯誤，請改錯。

1) 저는 운전할 줄 압습니다.

→ _____

2) 이 노래 들어 본 적 있어요.

→ _____

3) 오늘은 숙제가 많아서 친구와 놀을 수 없어요.

→ _____

4) 지금 만들는 음식이 뭐예요?

→ _____

5) 어제 모임에 오지 않을 사람이 누구예요?

→ _____

6) 우리 반에 혈액형이 AB형은 사람 있어요?

→ _____

10 翻譯練習。

1) 你會講中文嗎？（兩種說法）→ _____

→ _____

2) 幾年前去過韓國。（四種說法）→ _____

→ _____

→ _____

→ _____

3) 在這裡不可以抽菸。 → _____

4) 這是朋友送給我的。 → _____

11 參考教科書第82頁，和班上同學互相詢問彼此的喜好。

第六課　이 옷 한번 입어 봐도 돼요?
（這件衣服可以試穿嗎？）

1 依範例，用句型「～네요.」，完成對話。

1)

A : 이 영화 어때요?

B : 아주 재미있네요.

2)

A : 김치 맛이 어때요?

B : 조금 _____

3)

₩10,000,000

A : 이 코트는 1,000만원이에요.

B : 네? 1,000만원이요? 너무 _____

4) ① ② ③ ④

A : 저는 누나가 네 명 있어요.

B : 그래요? 누나가 참 _____

5)

A : 어, 차 바꿨어요? 새 차가 참 _____

B : 고마워요.

6)

A : 보통 집에서 학교까지 버스를 타고
　　1시간 반 정도가 걸려요.

B : 집이 많이 _____

7)

A : 동생이 얼마 전 태권도 대회에 나가서
　　상을 받았어요.

B : 동생이 태권도를 _____

8)

A : 한국어를 6년 정도 배웠어요.

B : 한국어를 _____

9)

A : 이번에 영어 시험을 100점 받았어요.

B : 와, 시험을 _____

2 依範例，用下列提供的句子原型，造表達「新發現或個人感覺」的兩種句子。

1)【동생이 간호사다】
→ 동생이 간호사네요.
→ 동생이 간호사군요.

2)【남자 친구가 외국 사람이다】
→
→

3)【이 옷 참 예쁘다】
→
→

4)【오늘 날씨가 참 좋다】
→
→

5)【여기 경치가 참 아름답다】
→
→

6)【두 사람 참 잘 어울리다】
→
→

7)【명아 씨 요리를 참 잘하다】
→
→

8)【저랑 같은 동네에 살다】
→
→

9)【어, 핸드폰이 고장 났다】
→
→

10)【어젯밤에 비가 많이 왔다】
→
→

3

1) 填填看：和左方名詞搭配使用之動詞的原型

①모자를 쓰다

②안경을 ☐

③스웨터를 ☐

④가방을 ☐

⑤바지를 ☐

⑥운동화를 ☐

⑦흰색 양말을 ☐

⑧장갑을 ☐

⑨목도리를 ☐

2) 依範例，造句看看。

1. 시원 씨는 <u>모자를 쓰고 있어요.</u>　　= 시원 씨는 <u>모자를 썼어요.</u>

2. 시원 씨는 _____　= 시원 씨는 _____

3. 시원 씨는 _____　= 시원 씨는 _____

4. _____　= _____

5. _____　= _____

6. _____　= _____

7. _____　= _____

8. _____　= _____

9. _____　= _____

4

1) 填填看：和左方名詞搭配使用之動詞的原型

①머리띠를 하다

②귀고리를

⑩시계를

③목걸이를

⑨벨트를

④반지를

⑧핸드백을

⑤원피스를

⑦검정색 스타킹을

⑥하이힐을

2) 依範例，造句看看。

1. 머리띠를 하고 있는 사람이 수지 씨예요. = 머리띠를 한 사람이 수지 씨예요.

2. _____ 사람이 수지 씨예요. = _____ 사람이 수지 씨예요.

3. _____ 사람이 수지 씨예요. = _____ 사람이 수지 씨예요.

4. _____ = _____

5. _____ = _____

6. _____ = _____

7. _____ = _____

8. _____ = _____

9. _____ = _____

10. _____ = _____

5 依範例，用下列提供的句子原型，造「允許對方」的各種句子。

1)【이곳에서는 사진을 찍다】→ 이곳에서는 사진을 찍어도 됩니다.

= 이곳에서는 사진을 찍어도 돼요.

= 이곳에서는 사진을 찍어도 괜찮습니다.

= 이곳에서는 사진을 찍어도 괜찮아요.

2)【일 다 했으면 먼저 퇴근하다】→ _____

= _____

= _____

= _____

3)【오늘 바쁘면 내일 오다】→ _____

= _____

= _____

= _____

4)【배고프면 먼저 먹다】→ _____

= _____

= _____

= _____

5)【더우면 에어컨을 켜다】→ _____

= _____

= _____

= _____

6 依範例，參考括號裡的心理OS，造「想得到對方允許」的句子看看。

1)【이 옷을 한번 입어 보고 싶다】→ 이 옷 한번 입어 봐도 돼요?

2)【이 모자를 한번 써 보고 싶다】→ _____

3)【창문을 닫고 싶다】→ _____

4)【이것을 먹고 싶다】→ _____

5) 【같이 사진을 찍고 싶다】 → _____

6) 【불을 끄고 싶다】 → _____

7) 【예약을 취소하고 싶다】 → _____ ※취소하다 : 取消

8) 【여기에서 노래 부르고 싶다】 → _____

7 依範例，看圖造句。

1)

__음식을 먹으면 안 돼요.__

2)

_____

3)

_____

4)

_____

5)

_____

6)

_____

8 用句型「～아/어/해도 되다」或「～면/으면 안 되다」填空，完成對話。

1) A : 이 선글라스 한번 _____?

　　B : 그럼요. 써 보세요.

2) A : 이 영화 초등학생이 _____?

　　B : 네, 봐도 괜찮아요.

3) A : 기숙사에서 애완동물을 키워도 돼요?

B : 아니요, _____.

4) A : 수업 시간에 껌을 씹어도 돼요?

B : 아니요, _____.

5) A : 면접 보러 갈 때 청바지를 입어도 돼요?

B : 아니요, _____.

6) A : 지금 현빈 씨한테 _____?

B : 현빈 씨는 지금 회의 중이니까 나중에 전화하세요.

7) A : 눈이 와서 길이 많이 막혀요. 아마 20분 정도 늦을 거예요.

B : _____니까 운전 조심히 하세요.

9 填填看：從下列選出正確的句子填入空格。

딱 맞네요	계산해도 되지요	보여 주세요
신어 보세요	신으세요	신어 봐도 돼요

（一位小姐進去鞋店逛一逛，後來指著展示在店員後面的靴子跟店員說）

손님 : 저기요, 저 까만색 부츠 좀 1)_____ .

점원 : 네. 손님, 여기 있습니다.

손님 : （仔細看了之後）예쁘네요. 한번 2)_____ ?

점원 : 그럼요. 보통 신발 몇 3)_____ ?

손님 : 235 신어요.

점원 : 이 부츠는 사이즈가 좀 작게 나왔으니까 240 한번 4)_____ .
（等客人試穿之後）어떠세요?

손님 : 5)_____ . 이걸로 주세요.
（結帳時）여기 신용카드로 6)_____ ?

점원 : 그럼요. 손님, 이쪽으로 오세요. 제가 계산 도와 드릴게요.

10 下列每句都有錯誤，請改錯。

1) 수지 씨 어렸을 때 참 귀엽네요.

→ _____

2) 교실에서는 음악을 크게 들으면 안 돼요.

→ _____

3) 저기 갈색 구두를 입은 사람이 강호동 씨예요.

→ _____

4) 이 문은 열으면 안 돼요.

→ _____

11 翻譯練習。

1) 欸，電梯故障了。

→ _____

2) 我穿著白色T恤搭配牛仔褲。

→ _____

3) 這件衣服可以試穿嗎？

→ _____

4) 在這裡不可以抽菸。

→ _____

5) （衣服）您穿幾號？

→ _____

12 手上拿著自己偶像的照片，和班上同學形容一下照片裡偶像的穿著造型。

第七課 모델이 되려면 키가 커야 해요.
(要當模特兒的話，必需個子高。)

1 依範例，看圖並用下列提供的單字，填空看看。

1)

【좋다 → 좋아지다】
기분이 나빴어요.
→ 이 노래를 들으니까 기분이 <u>좋아졌어요</u>.

2)

【좋다 → _____】
피부가 안 좋았어요.
→ 이 화장품을 쓰고 피부가 _____.

3)

【나쁘다 → _____】
눈이 좋았어요.
→ 컴퓨터 게임을 많이 해서 눈이 _____.

4)

【괜찮다 → _____】
머리가 아팠어요.
→ 두통약을 먹고 _____.

5)

【없다 → _____】
방금 전까지 지갑이 있었어요.
→ 지갑이 _____.

6)

【날씬하다 → _____】
뚱뚱했어요.
→ 운동을 열심히 해서 _____.

7)

【깨끗하다 → _____】
방이 많이 더러웠어요.
→ 청소를 해서 방이 _____.

8)

【춥다 → _____】
어제는 날씨가 맑고 따뜻했어요.
→ 오늘은 비가 오고 많이 _____.

2 依範例，用下列提供的單字，回答問句

1) A：어제 동대문 시장에 왜 갔어요?【겨울 코트를 사다】
　 B：겨울 코트를 사려고 갔어요.

2) A：아침에 우체국에 왜 갔어요?【편지를 부치다】
　 B：_____

3) A：방금 현빈 씨에게 왜 전화했어요?【숙제를 물어보다】
　 B：_____

4) A：앞머리를 왜 잘랐어요?【어리게 보이다】
　 B：_____

5) A：김밥을 왜 만들었어요?【내일 산에 가서 먹다】
　 B：_____

6) A：식빵을 왜 샀어요?【샌드위치를 만들다】
　 B：_____

3 依範例，連連看，並造句

1) 책을 빌리다 ●	● 여행사에 전화하다
2) 비행기 표를 예약하다 ●	● 아르바이트를 하다
3) 졸업 후 독일에 유학을 가다 ●	● 도서관에 가다
4) 유럽 여행 갈 돈을 모으다 ●	● 독일어를 배우다
5) 건강해지다 ●	● 담배를 끊고 매일 운동하다
6) 불고기를 만들다 ●	● 라디오를 켜다
7) 음악을 듣다 ●	● 소고기와 버섯을 사다

※독일 : 德國 / 독일어 : 德文 / 유럽 : 歐洲 / 버섯 : 菇

1) 책을 빌리려고 도서관에 갔어요. _____
2) _____
3) _____
4) _____
5) _____
6) _____
7) _____

4 依範例，用句型「～아/어/해야 하다」完成句子。

1) 다음 주에 시험이 있어요. 그래서 열심히 (공부하다)

→ 공부해야 해요.

2) 이따가 친구 생일 파티에 갈 거예요. 친구에게 줄 선물을 (사다)

→ _____

3) 내일 아침 8시 비행기예요. 그래서 내일은 일찍 (일어나다)

→ _____

4) 약속에 늦었어요. 택시를 (타다)

→ _____

5) 설 연휴 동안 살이 많이 쪘어요. 살을 (빼다)

→ _____

6) 음료수를 사려고 해요. 그런데 지갑에 돈이 없어요. 돈을 (찾다)

→ _____

5 依範例，連連看，並造句。

1) 배우	●	● 날씬하고 키가 크다
2) 가수	●	● 연기를 잘하다
3) 모델	●	● 길을 잘 알고 운전을 잘하다
4) 백화점 직원	●	● 노래를 잘 부르다
5) 택시 기사	●	● 똑똑하고 말을 잘하다
6) 요리사	●	● 친절하다
7) 변호사	●	● 음식을 잘 만들 줄 알다

※똑똑하다：聰明

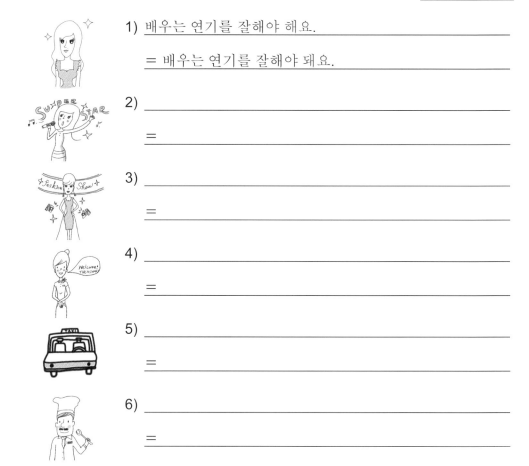

1) 배우는 연기를 잘해야 해요. _____

＝ 배우는 연기를 잘해야 돼요. _____

2) _____

＝ _____

3) _____

＝ _____

4) _____

＝ _____

5) _____

＝ _____

6) _____

＝ _____

7) _____

＝ _____

6 依範例，用句型「～려면/으려면」造句。

1) 한국에 있는 대학에 가다 / 한국어를 잘하다
   → 한국에 있는 대학에 가려면 한국어를 잘해야 해요.

2) 남대문시장에 가다 / 다음 역에서 내리다
   → _____

3) 도서관에서 책을 빌리다 / 학생증이 있다
   → _____

4) 오늘까지 이 일을 다 끝내다 / 야근하다
   → _____

5) 건강해지다 / 고기보다 야채를 많이 먹다
   → _____

6) 그 식당에서 밥을 먹다 / 한 달 전에 예약하다
   → _____

7) 이 영화를 다운 받다 / 돈을 내다
   → _____

8) 수업에 늦지 않다 / 지금 집에서 나가다
   → _____

7 下列每句都有錯誤，請改錯。

1) 시험이 어렵어졌어요.
   → _____

2) 졸업식날 입으러 옷을 샀어요.
   → _____

3) 버스 정류장에서 집까지 얼마나 걸어야 돼요?
   → _____

4) 이번 영어 시험을 잘 보면 단어를 많이 외워야 해요.
   → _____

8 翻譯練習。

1) 包包不見了。

→ _____

2) 天氣變冷了。

→ _____

3) 為了送朋友，買了書。

→ _____

4) 今天也必須加班。

→ _____

5) 要開車的話，必須要有駕照。

→ _____

9 和班上同學討論每種職業必須具備哪些條件

第八課　요즘 한국어를 배우는데 아주 재미있어요.
(最近學韓語，覺得很有趣。)

1 依範例，用提供的單字與句型「～것 같다」完成句子。

> 어젯밤에 비가 온 것 같아요 .【오다】

1) 핸드폰이 ＿＿＿＿＿＿＿ .【고장나다】

2) 재석 씨는 어제 술을 많이 ＿＿＿＿＿＿＿ .【마시다】

3) 규현 씨는 어렸을 때 공부를 ＿＿＿＿＿＿＿ .【잘하다】

> 지금 밖에 비가 오는 것 같아요 .【오다】

4) 호동 씨는 고기를 아주 ＿＿＿＿＿＿＿ .【좋아하다】

5) 현빈 씨는 담배를 안 ＿＿＿＿＿＿＿ .【피우다】

6) 시원 씨는 햄버거를 자주 ＿＿＿＿＿＿＿ .【먹다】

> 곧 비가 올 것 같아요 .【오다】

7) 동생이 곧 ＿＿＿＿＿＿＿ .【결혼하다】

8) 내일은 좀 늦게 ＿＿＿＿＿＿＿ .【퇴근하다】

9) 결혼 후에 이곳에서 ＿＿＿＿＿＿＿ .【살다】

2 看圖並用句型「～것 같다」作答。

1)

A : 무슨 동물인 것 같아요 ?　　※코끼리 : 大象

B : ＿＿＿＿＿＿＿＿＿＿＿＿

2)

A : 저 사람 어느 나라 사람인 것 같아요 ?

B : ＿＿＿＿＿＿＿＿＿＿＿＿＿＿

3)

A : 오늘 수지 씨 기분이 어떤 것 같아요 ?

B : _____

4)

A : 현빈 씨 지금 사무실에 있어요 ?

B : 아니요, _____

5)

A : 다영 씨는 지금 많이 바쁜 것 같아요 ?

B : 아니요, _____

6)

A : 명아 씨는 지금 뭐 하고 있는 것 같아요 ?

B : _____

7)

A : 내일 날씨가 좋을 거 같아요 ?

B : 아니요, _____

8)

A : 우리 무슨 영화 볼까요 ?

B : 이 영화 어때요 ? _____

9)

A : 오늘 날씨가 어떨까요?

B : 어제처럼 많이 _____

10)

A : 미혜 씨는 매일 지각해요.

B : 네, 맞아요. 미혜 씨는 집이 _____

3 依範例，在以下名詞、形容詞和動詞後方接句型「～(으)ㄴ데 / 는데」。

	名詞	過去	現在	未來、推測
1	친구	친구였는데	친구인데	친구일 건데
2	선물	선물이었는데	선물인데	선물일 건데
3	회사			
4	사람			
5	카메라			
6	식당			

	形容詞原型	過去	現在	未來、推測
7	크다	컸는데	큰데	클 건데
8	맛있다	맛있었는데	맛있는데	맛있을 건데
9	작다	작았는데	작은데	작을 건데
10	바쁘다			
11	많다			
12	재미있다			
13	좋다			

14	맛없다			
15	따뜻하다			
16	춥다	추웠는데	추운데	추울 건데
17	어렵다			
18	귀엽다			
19	길다	길었는데	긴데	길 건데
20	멀다			
21	힘들다			
22	그렇다	그랬는데	그런데	그럴 건데
23	까맣다 (黑)			

	動詞原型	過去	現在	未來、推測
24	가다	갔는데	가는데	갈 건데
25	먹다	먹었는데	먹는데	먹을 건데
26	사다			
27	결혼하다			
28	입다			
29	주다			
30	받다			
31	연락하다			
32	만들다	만들었는데	만드는데	만들 건데
33	놀다			
34	살다			

4 依範例，可參考提供的單字，並用句型「～(으)ㄴ데요. / 는데요.」作答。

1) A : 지금 어디에 가요 ? 【슈퍼에 가다】

　B : <u>슈퍼에 가는데요.</u>

2) A : 여동생 있어요? 【있다】

B : 네, _____

3) A : 오늘 몇 시에 퇴근해요? 【7시에 퇴근하다】

B : _____

4) A : 실례지만 나이가 어떻게 돼요? 【28살이다】

B : _____

5) A : 지금 많이 바빠요? 【별로 안 바쁘다】

B : 아니요, _____

6) A : 그거 얼마 주고 샀어요? 【10,000원 주고 사다】

B : _____

7) A : 주말에 뭐 할 거예요? 【친구랑 영화 보러 가다】

B : 네, _____

8) A : 여보세요, 거기 약국이지요? 【그렇다】

B : 네, _____

9) A : 여보세요, 거기 여행사이지요? 【아니다】

B : _____

10) A : 여보세요, 이정우 씨 있어요? 【지금 자리에 없다】

B : 아니요, _____

11) A : (電話中) 네, 서울 식당입니다.
　　　【이번 주 토요일 점심 예약을 하려고 하다】

B : _____

12)【여자 친구에게 선물을 하고 싶다】

　　A：（在店面）_____

　　B：이 향수 어떠세요? 요즘 제일 인기 있는 제품이에요.　※제품：產品

5 依範例，用連接詞尾「～(으)ㄴ데 / 는데」，將以下提供的兩句合併成一句。

1) 이거 한국에서 산 모자예요. 참 예쁘지요?

　　→ 이거 한국에서 산 모자인데 참 예쁘지요?

2) 이 사람은 우리 오빠예요. 지금 컴퓨터 회사에 다니고 있어요.
　　→ _____

3) 내일 제주도에 가요. 비가 올 것 같아요.
　　→ _____

4) 요즘 프랑스어를 배워요. 생각보다 많이 어렵네요.
　　→ _____

5) 주말에 백화점에 갔어요. 사람이 정말 많았어요.
　　→ _____

6) 어제 한국 식당에서 돌솥비빔밥을 먹었어요. 아주 맛있었어요.
　　→ _____

7) 저 지금 식당에 가요. 같이 갈래요?
　　→ _____

8) 밖에 비가 와요. 우산을 가지고 가세요.
　　→ _____

9) 오늘 날씨도 안 좋아요. 등산은 다음에 갑시다.

→ _____

10) 국이 좀 싱거워요. 소금을 더 넣을까요?

→ _____

11) 퇴근 후에 시원 씨랑 같이 저녁 먹을 거예요. 미혜 씨도 같이 가요.

→ _____

12) 형은 운동을 잘해요. 저는 운동을 못해요.

→ _____

13) 저는 액션 영화를 좋아해요. 규현 씨는 무슨 영화를 좋아해요?

→ _____

14) 이 옷은 디자인은 참 예뻐요. 가격이 너무 비싸요.

→ _____

15) 아침에는 머리가 너무 아팠어요. 지금은 괜찮아졌어요.

→ _____

16) 제 동생은 아직 초등학생이에요. 키가 170cm예요.

→ _____

17) 그 여자 배우는 얼굴은 예뻐요. 연기를 못해요.

→ _____

6 依範例，連連看，並造句。

1) 오늘은 약속이 있다 ●————●	우리 내일 만나면 안 돼요?
2) 우리 오빠는 키도 크고 잘생겼다 ●	● 한국말을 아주 잘해요.
3) 토모코 씨는 일본 사람이다 ●	● 같이 갈래요?
4) 그 식당 저도 가 봤다 ●	● 여자 친구가 없어요.
5) 내일 도서관에 갈 거다 ●	● 코트를 입고 가세요.
6) 미혜 씨는 학교 근처에 살다 ●	● 가격도 싸고 아주 맛있었어요.
7) 오늘 날씨가 많이 춥다 ●	● 매일 지각해요.

1) 오늘은 약속이 있는데 우리 내일 만나면 안 돼요? _____

2) _____

3) _____

4) _____

5) _____

6) _____

7) _____

7 從下列選出適當的單字，並用句型「～기로 하다」完成句子。

만나다　　가다　　공부하다　　마시다　　먹다

1) A : 우리 내일 극장 앞에서 몇 시에 만날까요?

   B : 음…영화가 3시에 시작하니까 2시 반에 _____

2) A : 머리가 너무 길어요. 좀 자르고 싶어요.

   B : 그래요? 저도 파마하려고 하는데……

   A : 잘됐네요. 그럼 내일 우리 같이 미장원에 _____

   ※잘됐네요.：太好了。

3) A : 퇴근 후에 시원한 맥주 한잔 어때요?

   B : 미안해요. 건강을 위해서 앞으로 술을 안 _____

4) A : 오늘도 도서관에 공부하러 가요?

  B : 네, 다음 주에 시험이 있어서 친구랑 같이 _____

5) A : 일요일에 시간 있어요? 우리 같이 등산 갈래요?

  B : 미안해요. 일요일에 후배와 같이 점심을 _____

8 下列每句都有錯誤，請改錯。

1) 다영 씨가 어제 시험을 잘 못 보는 것 같아요.

  → _____

2) 좀 덥는데 에어컨을 켤까요?

  → _____

3) 언니가 일어를 할 줄 아는데 동생이 일어를 전혀 못해요.

  → _____

4) 내일 시원 씨랑 어디에서 만나기로 해요? (你和始源明天約在哪裡見面呢？)

  → _____

9 翻譯練習。

1) 多瑛小姐好像很會講英文。

  → _____

2) A：喂。金多瑛小姐在嗎？ → _____

  B：我就是。 → _____

3) 這個嘛，我不太清楚。

  → _____

4) 我想去旅遊，但沒有錢。

  → _____

5) 我和朋友約好明天要見面。

　　→ _____

10 使用句型「～것 같다」推測班上同學的「過去、現在、未來」情況。

【例】過去：규현 씨는 어렸을 때 공부를 잘한 것 같아요.

　　　現在：규현 씨는 노래를 잘 부르는 것 같아요.

　　　未來：규현 씨는 나중에 가수가 될 것 같아요.

1 請從下列選出適當的單字，並用連接詞尾「ㄴ/은/는데」造句。

춥다	보다	크다	있다	공부하다	이다
보이다	가다	잘하다	먹다	싫다	배우다

1) 저는 여동생이 하나 _____ 지금 일본에서 공부하고 있어요.

2) 밥을 _____ 친구한테서 전화가 왔어요.

3) 요즘 한국어를 _____ 아주 재미있어요.

4) 얼마 전 그 영화를 _____ 아주 재미있었어요.

5) 이번 주말에 시원 씨 집에 놀러 _____ 같이 갈래요?

6) 많이 피곤해 _____ 오늘은 일찍 퇴근하세요.

7) 마이클 씨는 미국 사람 _____ 한국말을 아주 잘해요.

8) 형은 키가 _____ 동생은 작아요.

9) 다영 씨는 공부는 _____ 운동은 못해요.

10) 저도 한국으로 여행 가고 _____ 돈이 없어요.

11) 열심히 _____ 시험을 못 봤어요.

12) 좀 _____ 창문 좀 닫아 주시겠어요?

2 選出正確的答案。

1) 일이 너무 많아서 _____ 점심도 못 먹었어요.
① 미리　　　　② 아직　　　　③ 다　　　　④ 별로

2) 음악을 _____ 라디오를 켰어요.
① 들으러　　　② 들으려고　　③ 들으면　　④ 들어서

3) 지금 가장 _____ 한국 음식이 뭐예요?
① 먹으려고　　② 먹는데　　　③ 먹고 싶은　　④ 먹으면

4) 수지 씨는 영어 이외에 다른 외국어도 ＿＿＿＿＿＿＿＿＿ ?
   ① 할 줄 모릅니다　　　　　　　② 할 수 없네요
   ③ 한 적 있어요　　　　　　　　④ 할 줄 압니까

5) A : 여기에 ＿＿＿＿＿＿＿＿＿ ?
   B : 아니요, 처음이에요.
   ① 와 본 적 있어요　　　　　　② 오는 것 같아요
   ③ 안 와 봤어요　　　　　　　　④ 올 수 있어요

6) A : 얼마 전에 영어 시험을 봤는데 100점 받았어요.
   B : ＿＿＿＿＿＿＿＿＿＿＿＿＿＿＿ .
   ① 와, 시험을 아주 잘 보네요　　② 와, 시험을 아주 잘 보군요
   ③ 와, 시험을 아주 잘 보는군요　④ 와, 시험을 아주 잘 봤네요

7) A : 이 옷 한번 ＿＿＿＿＿＿＿＿ ?
   B : 그럼요, 손님. 사이즈 몇 입으세요?
   ① 입으면 안 돼요　　　　　　　② 입어 봐도 돼요
   ③ 입을 줄 몰라요　　　　　　　④ 입으려고 해요

8) A : 저기요, 여기에서 남대문 시장에 가려면 ＿＿＿＿＿＿＿＿ ?
   B : 저기 편의점 앞에서 162번 버스를 타세요.
   ① 뭐 타고 가려고 해요　　　　② 버스를 타기로 해요
   ③ 어떻게 해야 해요　　　　　　④ 얼마나 걸릴까요

3 選出單字之間關係不同的組合。

1) ① 주다 — 받다　　　　　　　② 켜다 — 끄다
   ③ 열다 — 돕다　　　　　　　　④ 입다 — 벗다

2) ① 양말 — 하다　　　　　　　② 모자 — 쓰다
   ③ 바지 — 입다　　　　　　　　④ 가방 — 들다

3) ① 쓰레기 — 버리다　　　　　② 라면 — 끓이다
   ③ 컴퓨터 — 고치다　　　　　　④ 식당 — 예매하다

4 請選出錯誤的句子。

1) ① 저 사람 <u>아는</u> 사람이에요?
   ② 내일은 <u>한</u> 일이 아주 많아요.
   ③ 여기 <u>남은</u> 음식 포장해 주세요.
   ④ 영화 보면서 <u>먹을</u> 팝콘을 샀어요.

2) ① 이건 좀 <u>큰데</u> 더 작은 사이즈는 없어요?
   ② 이거 한국에서 산 <u>신발인데</u> 어때요?
   ③ 한국어를 2년 정도 <u>배웠는데</u> 아직도 한국어를 잘 못해요.
   ④ 곧 비가 올 것 <u>같는데</u> 우산을 가지고 나가세요.

5 依範例，用下列提供的單字造句。

【例】싫어요 / 테니스나 / 배우고 / 동안 / 수영을 / 여름방학 / 저는
　　→ 저는 여름방학 동안 테니스나 수영을 배우고 싶어요.

1) 샌드위치를 / 만들었어요 / 같이 / 친구들과 / 먹으려고

　　→ _____

2) 키가 / 잘해요 / 동생은 / 농구를 / 작은데 / 제

　　→ _____

3) 약속했어요 / 담배를 / 아내하고 / 피우지 / 앞으로 / 않기로

　　→ _____

6 閱讀後，回答問題。

> 여행사 직원 : 여보세요. 한국 여행사입니다.
>
> ① 호동　　　 : 두 사람이요.
> ② 호동　　　 : 이번 주 토요일에 출국해서 다음 주 수요일에 귀국하려고 하는데요.
> ③ 호동　　　 : 홍콩이요.
> ④ 호동　　　 : 비행기표를 예약하려고 하는데요.
> ⑤ 여행사 직원 : 몇 분이 가십니까?
> ⑥ 여행사 직원 : 두 분 언제 가서 언제 오시려고 합니까?
> ⑦ 여행사 직원 : 어디로 가시려고 합니까?
>
> 여행사 직원 : 잠시만 기다리세요.
> 　　　　　　　（把客人的資料輸入進去之後）
> 　　　　　　　확인하겠습니다. 5월 12일 토요일 두 분이 홍콩으로
> 　　　　　　　출국하시고, 5월 16일 수요일에 귀국하시는 거 맞습니까?
> 호동　　　 : 네, 맞습니다.

1) 請重新安排上方對話內容的順序。

　(　) → (　) → (③) → (　) → (　) → (　) → (　)

2) 選出下列四項當中不符合此文章的內容。

　① 호동 씨는 해외여행을 가려고 합니다.
　② 호동 씨는 4박5일 여행을 계획하고 있습니다.
　③ 호동 씨는 비행기표를 예약하려고 여행사에 갔습니다.
　④ 호동 씨는 홍콩에 혼자 가지 않습니다.

※홍콩：香港
　출국하다：出國
　귀국하다：回國
　4박5일：5天4夜

7 翻譯練習。（請用敬語、口語的說法造句。）

1) 你會開車嗎？ → _____

2) 我會講一點點的韓文。 → _____

3) 我不會做韓國泡菜（辛奇）。 → _____

4) 我去過韓國。 → _____

5) 我聽過這首歌。 → _____

6) 我沒和朋友說謊過。 → _____

7) 現在可以通電話嗎？ → _____

8) 現在可以來我家嗎？ → _____

9) 今天不可以早下班。 → _____

10) 我最喜歡的韓國料理是石鍋拌飯。 → _____

11) 我最想收到的禮物是筆電。 → _____

12) 現在你做的菜是什麼？ → _____

13) 我寄給你的email你收到了嗎？ → _____

14) 這是朋友送給我的。 → _____

15) 你中午吃的便當好吃嗎？ → _____

16) 剛才買了要送給朋友的禮物。 → _____

17) （剛發現、得知）妳男朋友是韓國人啊。 → _____

18) （剛發現、得知）你妹妹很漂亮耶。 → _____

19) （剛發現、得知）有點貴耶。 → _____

20) （剛發現、得知）很會講中文耶。 → _____

21) （剛發現、得知）電梯故障了耶。 → _____

22) 多瑛小姐戴著眼鏡。 → _____

23) 那邊戴著帽子的人就是多瑛小姐。 → _____

24) 我穿著白色T恤搭配牛仔褲。 → _____

25) 你可以先下班。 → _____

26) 在這裡可以照相嗎？ → _____

27) 這件衣服可以試穿嗎？ → _____

28) 這雙鞋子可以試穿嗎？ → _____

29) 在這裡不可以抽菸。 → _____

30) （衣服）您穿幾號？ → _____

31) 心情變好了。 → _____

32) 客人變多了。 → _____

33) 錢包不見了。 → _____

34) 天氣變冷了。 → _____

35) 為了見朋友，去了咖啡廳。 → _____

36) 為了買筆電，存了錢。 → _____

37) 為了做韓國泡菜鍋（辛奇鍋），買了豆腐和豬肉。 → _____

38) 今天也必須要加班。 → _____

39) （當一個）歌手應該唱歌唱得很好才行。 → _____

40) 要變健康的話，請戒酒和菸。 → _____

41) 要辦護照的話，該怎麼做呢？ → _____

42) 不要遲到的話，請搭計程車去。 → _____

43) A：這段時間過得好嗎？ → _____

　　 B：是啊，託你的福。 → _____

44) 那個人好像（是）外國人。 → _____

45) 好像這件衣服比較漂亮。 → _____

46) 多瑛小姐好像很會做菜。 → _____

47) 電腦好像故障了。 → _____

48) 昨天晚上好像有下雨。 → _____

49) 現在好像有下雨。 → _____

50) 明天好像會下雨。 → _____

51) A：喂。那裡是旅行社，沒錯吧？ → _____

　　 B：是的。 → _____

52) A：喂。那裡是中國餐廳，沒錯吧？ → _____

　　 B：不是。 → _____

53) A：喂。金部長在嗎？ → _____

B：（他）現在不在。 → _____

54) A：喂。金多瑛小姐在嗎？ → _____

B：我就是。請問哪位？ → _____

55) A：歡迎光臨。 → _____

B：我要買手機。 → _____

56) 這裡……我要一個韓國泡菜鍋（辛奇鍋）和一個石鍋拌飯。 → _____

57) 不怎麼樣。 → _____

58) 好可惜喔。 → _____

59) 我決定從今天開始減肥。 → _____

60) 我和朋友約好明天要見面。 → _____

십자말 풀이（填字遊戲）

가로 열쇠（橫的提示）

1) 西班牙語
3) 寄宿家庭
6) 指甲油
8)（郵）寄（【動詞】原型）
10) 手機
14) 沒問題、沒關係（【形容詞】原型）
16) 簽證
17) 宿舍
19) 隱形眼鏡
20) 單字
22) 老氣、土（【形容詞】原型）
24) 電梯

세로 열쇠（直的提示）

1) 牛排
2) 上網（【動詞】原型）
4) 房價
5)（電影票等）預購、訂（【動詞】原型）
7) 語言
9) 炸雞
11) 社區
12) 化妝（【動詞】原型）
13) 探病
15) 單獨、獨自
16) 飛機
18) 尺寸
21) 適合（【動詞】原型）
23) 毛衣

1 依範例，填入空格。

助詞	普通級敬語	高級敬語
1	이/가	
2	은/는	
3	에게/한테	
4	에게서/한테서	

名詞	普通級敬語	高級敬語
1	사람	분
2	이름	
3	나이	
4	집	
5	생일	
6	말	
7	밥	

動詞、形容詞	原型	普通級敬語（口語）	高級敬語（口語）
1	이다	예요/이에요	세요/이세요
2	아니다		
3	가다		
4	앉다		
5	기다리다		
6	배우다		
7	바쁘다		
8	일하다		
9	덥다		
10	듣다		

11	모르다		
12	만들다		

例外動詞	普通級敬語（原型）	高級敬語（原型）
1	먹다	
2	마시다	
3	자다	
4	있다	
5	아프다	
6	죽다	

2 依範例，請將下列的句子，全部改成高級敬語。

【例】오늘은 친구 생일입니다. → 오늘은 선생님 생신입니다.

1) 친구는 공무원이에요. → 선생님께서는 _____

2) 친구는 한국 사람이 아니에요. → _____

3) 친구가 서점에 가요. → _____

4) 친구도 운동을 좋아해요. → _____

5) 어제 친구 집에 갔어요. → _____

6) 친구에게 생일 선물을 줬어요. → _____

7) 친구에게서 책을 선물 받았어요. → _____

8) 친구는 예전에 수영 선수였어요. → _____

9) 친구는 닭고기를 안 먹어요. → _____

10) 친구는 핸드폰이 있어요. → _____

11) 친구는 노트북이 없어요. → _____

12) 친구는 지금 교실에 있어요. → _____

13) 친구는 요즘 수영을 배우고 있어요. → _____

14) 친구가 많이 아파요. → _____

15) 친구는 운전할 줄 몰라요. → _____

16) 친구는 학교 근처에 살아요. → _____

17) 친구는 내일 부산에 갈 거예요. → _____

18) 친구는 영어를 가르칩니다. → _____

19) 친구는 지금 저녁을 먹고 있습니다. → _____

20) 친구는 지금 바쁘지 않습니다. → _____

21) 친구는 내일 출근 안 할 겁니다. → _____

【例】지금 바빠요? → 지금 바쁘세요?

22) 이 사람은 누구예요? → _____

23) 이름이 뭐예요? → _____

24) 나이가 몇 살이에요? → _____

25) 무슨 일을 해요? → _____

26) 지금 어디에 있어요? → _____

27) 오늘 저녁에 시간 있어요? → _____

28) 뭐 먹을래요? → _____

29) 커피 마실래요? → _____

30) 운전할 줄 알아요? → _____

31) 그 얘기 들었어요? → _____

32) 어디가 아파요? → _____

33) 많이 더워요? 에어컨 켜 줄까요? → _____

34) 제가 도와줄게요. → _____

35) 제가 나중에 다시 전화할게요. → _____

36) 다음 주에 봐요. → _____

3 依範例，填入空格。

敬語	半語
저	
저의 / 제	
你（OO 씨，당신…）	
你的（OO 씨의…）	
稱呼人名：名字 씨	
네 / 예	
아니요	
名詞＋예요/이에요	
肯定句過去：～았/었/했어요	
肯定句現在：～아/어/해요	
肯定句未來：～ㄹ/을 거예요	
命令、要求（肯定）：～세요/으세요 ～아/어/해요	
命令、要求（否定）：～지 마세요 ～지 말아요	
建議：～ㅂ/읍시다 ～아/어/해요	

4 依範例，請將下列的對話，全部改成半語。

> 【例】A：취미가 뭐예요？ → 취미가 뭐야？
> B：등산이에요. → 등산이야.

1) A：이 사람은 누구예요？ → _____

　 B：우리 언니예요. → _____

2) A：이 가방 누구 거예요？ → _____

　 B：제 거예요. → _____

3) A：남자 친구 있어요？ → _____

　 B：아니요, 없어요. → _____

4)A : 안녕하세요? 제 이름은 주명아예요.　　　→ ＿＿＿＿＿＿＿＿＿＿

　　B : 저는 김다영이라고 해요. 만나서 반가워요. → ＿＿＿＿＿＿＿＿＿＿

5)A : 지금 뭐 해요?　→ ＿＿＿＿＿＿＿＿＿＿＿＿＿＿＿

　　B : 밥 먹고 있어요. → ＿＿＿＿＿＿＿＿＿＿＿＿＿＿

6)A : 어제 콘서트 어땠어요? 재미있었어요? → ＿＿＿＿＿＿＿＿＿

　　B : 네, 너무 재미있었어요.　　　　　　　 → ＿＿＿＿＿＿＿＿＿

7)A : 지금 밖에 비 와요? → ＿＿＿＿＿＿＿＿＿＿＿＿＿＿

　　B : 아니요, 안 와요.　　　→ ＿＿＿＿＿＿＿＿＿＿＿＿

8)A : 주말에 뭐 할 거예요? → ＿＿＿＿＿＿＿＿＿＿＿＿

　　B : 영화 보러 갈 거예요.　→ ＿＿＿＿＿＿＿＿＿＿＿

9)A : 우리 내일 같이 백화점에 쇼핑 갈래요? → ＿＿＿＿＿＿＿

　　B : 좋아요. 같이 가요.　　　　　　　　→ ＿＿＿＿＿＿＿

10)A : 점심에 뭐 먹을까요?　　　　→ ＿＿＿＿＿＿＿＿＿＿＿＿

　　B : 음……떡볶이랑 김밥 먹어요. → ＿＿＿＿＿＿＿＿＿＿

11)A : 좀 더운데 창문 좀 열까요? → ＿＿＿＿＿＿＿＿＿＿＿

　　B : 네, 여세요.　　　　　　　 → ＿＿＿＿＿＿＿＿＿＿＿

5 下列每句都有錯誤，請改錯。

1) 할머니께서는 고기를 안 먹으세요.

　→ ＿＿＿＿＿＿＿＿＿＿＿＿＿＿＿＿＿＿＿＿＿＿＿

2)A : 어디에 가세요?
　B : 학교에 가세요.

　→ ＿＿＿＿＿＿＿＿＿＿＿＿＿＿＿＿＿＿＿＿＿＿＿

3) 선생님께서 교실에 없으세요.

　→ ＿＿＿＿＿＿＿＿＿＿＿＿＿＿＿＿＿＿＿＿＿＿＿

4) 제가 할아버지께 말할게요.

　→ ＿＿＿＿＿＿＿＿＿＿＿＿＿＿＿＿＿＿＿＿＿＿＿

5) 선생님이 제게 선물을 드렸어요.

→ _____

6 翻譯練習。

1) 爺爺正在用餐。

→ _____

2) 我奶奶三年前過世了。

→ _____

3) 您住哪裡？

→ _____

4)（睡前和長輩說的）晚安。

→ _____

7 填填看：從下列選出正確的句子填入空格。

분	명	댁	갖다주세요	바꿔 주시겠어요
부탁합니다	그런데요	쓰실 거예요		계시는데
드리겠습니다	쓸 건데요	걸어 주시겠어요		

1) A : 여보세요, 거기 김선영 선생님 _____ 이지요?

B : 네, 그런데요.

A : 선생님 좀 _____ ?

B : 잠시 외출하셨는데 실례지만 누구세요?

2) A : 여보세요, 거기 한국무역이지요?

B : 네, _____ .

A : 김 부장님 계세요?

B : 지금 자리에 안 _____ 메모 남겨 드릴까요?

3) A : 여보세요, 거기 서울호텔이지요? 802호실 좀 _____ .

　　B : 네, 잠시만 기다리세요.

　　(잠시 후)

　　A : 802호실은 지금 통화 중인데 잠시 후에 다시 _____ ?

　　B : 네, 알겠습니다.

4) A : 안녕하세요? 니하오중국집입니다.

　　B : 여기 여의도 현대아파트 5동 610호인데요.

　　　　짬뽕 하나하고 자장면 하나 _____ .

　　A : 네, 짬뽕 하나하고 자장면 하나요. 곧 배달해 _____ .

※배달하다 : 運送、外送

5) A : 네, 우리여행사입니다.

　　B : 뉴욕행 비행기표를 예약하려고 하는데요.　　※뉴욕 : 紐約

　　A : 몇 _____ 이 가세요?

　　B : 두 _____ 이요.

6) A : 어서 오세요.

　　B : BB크림을 사려고 하는데요.

　　A : 손님이 _____ ? 선물하실 거예요?

　　B : 제가 _____ .

8　將同學當成客戶或長輩採訪看看。（最後兩個問題，自己寫看看。）

	인터뷰 질문 （採訪問題）	상대방의 대답 （對方的回答）
1	성함이 어떻게 되세요?	
2	연세가 어떻게 되세요?	
3	무슨 일을 하세요?	
4	어디에 사세요?	
5	결혼하셨어요?	
6	핸드폰 번호가 어떻게 되세요?	
7	운동 자주 하세요?	

8	제일 잘하는 운동이 뭐예요?	
9	남배 피우세요?	
10	보통 아침 몇 시에 일어나세요?	
11	매일 아침식사 하세요? 아침으로 보통 뭘 드세요?	
12	보통 몇 시쯤 주무세요?	
13	주말에는 보통 뭐 하세요?	
14	영화 얼마나 자주 보세요?	
15	가장 좋아하는 한국 연예인은 누구예요?	
16	한국 음식 좋아하세요?	
17	한국말 할 줄 아세요?	
18	한국에 가 본 적 있으세요?	
19		
20		

1 依範例，填入空格。

	～ㅂ/습니다	～아/어/해요	～았/었/했어요	～아/어/해서	～면/으면
아프다	아픕니다	아파요	아팠어요	아파서	아프면
바쁘다					
예쁘다					
기쁘다					
슬프다					
크다					
쓰다					

	～아/어/해요	～았/었/했어요	～아/어/해서	～면/으면	～니까/으니까
덥다	더워요	더웠어요	더워서	더우면	더우니까
고맙다					
아름답다					
쉽다					
귀엽다					
맵다					
돕다					
입다					
좁다					

	～아/어/해요	～아/어/해서	～면/으면	～니까/으니까	～세요/으세요
걷다	걸어요	걸어서	걸으면	걸으니까	걸으세요
듣다					
묻다					
닫다					

받다					
밀다					

	~ㅂ/습니다	~아/어/해요	~았/었/했어요	~아/어/해서	~면/으면
모르다	모릅니다	몰라요	몰랐어요	몰라서	모르면
다르다					
빠르다					
자르다					
바르다					
고르다					
부르다					

	~아/어/해요	~ㅂ/습니다	~면/으면	~니까/으니까	~ㄴ/은/는데
살다	살아요	삽니다	살면	사니까	사는데
놀다					
알다					
열다					
팔다					
만들다					
길다					
멀다					

	~ㅂ/습니다	~아/어/해요	~았/었/했어요	~니까/으니까	~ㄴ/은/는
빨갛다	빨갛습니다	빨개요	빨갰어요	빨가니까	빨간
파랗다					
노랗다					
까맣다					
하얗다					

이렇다				
그렇다				
저렇다				
어떻다				
좋다				
괜찮다				
놓다				

※有心準備中級韓檢的讀者，請務必熟悉以下「ㅅ不規則」的變化；初級程度的讀者也可以當作自我挑戰，試著填填看，加油！

	～아/어/해요	～았/었/ 했어요	～세요/ 으세요	～면/으면	～니까/ 으니까
붓다	부어요	부었어요	부으세요	부으면	부으니까
젓다					
짓다					
굿다					
잇다					
낫다					
웃다					
씻다					

2 依範例，用下列提供的單字與句型完成句子。

【例】지금 많이 _____ ？（바쁘다＋～아/어/해요）
　　→ 지금 많이 바빠요？

1) 이 드라마 여자 주인공 너무 _____ .（예쁘다＋～아/어/해요）

2) 배가 _____ 병원에 갔습니다.（아프다＋～아/어/해서）

3) 오빠는 지금 방에서 편지를 _____ .（쓰다＋～ㅂ/습니다）

4) 그 소식을 듣고 너무 _____ 눈물이 났어요.（기쁘다＋～아/어/해서）

5) _____ 먼저 가세요.（바쁘다＋～면/으면）

6) 배 안 _____ ？ 점심 먹으러 안 갈래요？（고프다＋～아/어/해요）

7) 농구 선수처럼 키가 _____ . (크다+～았/었/했으면 좋겠어요)

8) 만나서 _____ . (반갑다+～아/어/해요)

9) 좀 _____ . (돕다+～아/어/해 주세요)

10) 우리 집은 지하철역에서 _____ 출근하기 편해요.

　　(가깝다+～아/어/해서)

11) _____ 불을 켜세요. (어둡다+～면/으면)

12) 오늘 날씨가 많이 _____ 코트를 입으세요. (춥다+～니까/으니까)

13) 할머니, _____ ? 제가 에어컨 켜 드릴까요? (덥다+～세요/으세요)

14) 이 옷을 _____ 더 날씬해 보일 거예요. (입다+～면/으면)

15) 저는 한국 노래를 자주 _____ . (듣다+～아/어/해요)

16) 집에서 학교까지 _____ 얼마나 걸려요? (걷다+～아/어/해서)

17) 그 일은 현빈 씨한테 _____ . (묻다+～아/어/해 보세요)

18) 오늘 한국어 수업을 3시간 동안 _____ . (듣다+～았/었/했어요)

19) 외국 사람이 저한테 길을 _____ . (묻다+～았/었/했어요)

20) 명아 씨, 생일 축하해요. 이거 _____ . (받다+～세요/으세요)

21) 좀 추운데 창문 _____ ? (닫다+～아/어/해도 돼요)

22) 비행기는 기차보다 _____ . (빠르다+～아/어/해요)

23) 수지 씨는 가수처럼 노래를 아주 잘 _____ . (부르다+～아/어/해요)

24) 단어 뜻을 _____ 사전을 찾아 보세요. (모르다+～면/으면)

25) 어리게 보이려고 앞머리를 _____ . (자르다+～았/었/했어요)

26) 우리 둘은 성격이 많이 _____ 자주 싸워요. (다르다+～아/어/해서)

27) 시원 씨 주소 정말 _____ ? 알면 좀 가르쳐 줘요.

　　(모르다+～아/어/해요)

28) 손님, 이 로션 한번 _____ . (바르다+～아/어/해 보세요) ※로션 : 乳液

29) 지금 뭐 _____ ? (만들다+～세요/으세요)

30) 정우 씨는 서울 어디에 _____ ? (살다+～ㅂ/습니까？)

31) 사무실 안이 좀 덥네요. 창문을 _____ . (열다+～ㅂ/읍시다)

32) 부장님, 다영 씨 전화번호 _____ ? (알다+～세요/으세요)

33) 우리 집은 버스 정류장에서 조금 _____ . (멀다+~ㅂ/습니다)

34) 저 사람 _____ 사람이에요? (알다+~는)

35) 그 가게에서도 한국 과자를 _____ 가격이 좀 비싸요. (팔다+~는데)

36) 저는 _____ 색을 좋아합니다. (까맣다+~ㄴ/은/는)

37) 이 옷 _____ ? 예쁘지요? (어떻다+~아/어/해요)

38) 어제 본 공연 _____ ? 재미있었어요? (어떻다+~았/었/했어요)

39) 명아 씨는 _____ 남자가 좋아요? (어떻다+~ㄴ/은/는)

40) _____ 옷은 저한테 잘 안 어울려요. (이렇다+~ㄴ/은/는)

41) 주변에 _____ 사람 있으면 소개 좀 해 주세요. (좋다+~ㄴ/은/는)

※주변：周圍

42) 너무 창피해서 얼굴이 _____ . (빨갛다+~아/어/해졌어요)

※以下「ㅅ不規則」的變化，初級程度的讀者不知道也沒關係。

43) 감기 빨리 _____ . (낫다+~세요/으세요)

44) 야식을 먹고 자면 다음날 아침에 얼굴이 많이 _____ . (붓다+~아/어/해요)

※야식：宵夜 / 얼굴：臉

45) 이 단어는 아주 중요하니까 밑줄을 _____ . (긋다+~세요/으세요)

※밑줄：底線

46) 이 아파트는 현대건설이 _____ . (짓다+~았/었/했어요)

※현대건설：現代建設（公司）

47) 신발을 _____ . (벗다+~세요/으세요)

48) 자, 사진 찍겠습니다. _____ . 하나,둘,셋! 김치~ (웃다+~세요/으세요)

第一課 시험 때문에 늦게까지 공부해요.

1

2) 피자나 스파게티를 먹고 싶어요.

3) 놀이공원이나 스키장에 가고 싶어요.

4) 화장품이나 액세서리를 사 주세요.

5) 도서관에서 공부를 하거나 편의점에서 아르바이트를 해요.

6) 영화를 보거나 노래방에 갈 거예요.

7) 맛있는 음식을 먹거나 쇼핑을 해요.

2

2) 피아노를 치면서 노래를 불러요. / 노래를 부르면서 피아노를 쳐요.

3) 저녁을 만들면서 딸하고 얘기해요. / 딸하고 얘기하면서 저녁을 만들어요.

4) 과일을 먹으면서 텔레비전을 봐요. / 텔레비전을 보면서 과일을 먹어요.

5) 껌을 씹으면서 운동을 해요. / 운동을 하면서 껌을 씹어요.

6) 음악을 들으면서 숙제를 해요. / 숙제를 하면서 음악을 들어요.

3

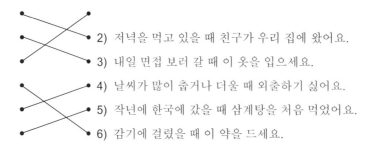

2) 저녁을 먹고 있을 때 친구가 우리 집에 왔어요.

3) 내일 면접 보러 갈 때 이 옷을 입으세요.

4) 날씨가 많이 춥거나 더울 때 외출하기 싫어요.

5) 작년에 한국에 갔을 때 삼계탕을 처음 먹었어요.

6) 감기에 걸렸을 때 이 약을 드세요.

4

2) 오늘은 공휴일이어서 학교에 안 가요. / 오늘은 공휴일이기 때문에 학교에 안 가요.

3) 오늘은 일이 많아서 여자 친구를 못 만나요. / 오늘은 일이 많기 때문에 여자 친구를 못 만나요.

4) 음식도 맛있고 서비스도 좋아서 자주 와요. / 음식도 맛있고 서비스도 좋기 때문에 자주 와요.

5) 요즘 다이어트를 해서 저녁을 안 먹어요. / 요즘 다이어트를 하기 때문에 저녁을 안 먹어요.

6) 어제는 비가 와서 등산을 못 갔어요. / 어제는 비가 왔기 때문에 등산을 못 갔어요.

7) 아침을 늦게 먹어서 아직도 배가 안 고파요. / 아침을 늦게 먹었기 때문에 아직도 배가 안 고파요.

5

1) 그 아이는 울면서 집에 갔어요.

2) 우리 걸으면서 얘기해요.

3) 저는 이 노래를 들을 때마다 첫사랑이 생각나요.

4) 우리가 극장에 도착했을 때 영화는 이미 시작되었어요.

5) 어제는 너무 피곤했기 때문에 저녁도 안 먹고 일찍 잤어요.

6

1) 저는 토요일이나 일요일 다 괜찮아요.

2) 제 어렸을 때 꿈은 의사였어요. **或** 제 어릴 때 꿈은 의사였어요.

3) 시험 볼 때 너무 긴장하지 마세요.

4) 요즘 시험 때문에 스트레스를 많이 받아요.

5) 길이 많이 막혔기 때문에 늦었어요.

第二課　한국말을 잘했으면 좋겠어요.

1

1) 예쁘게　　2) 재미있게　　3) 따뜻하게　　4) 멋있게　　5) 깨끗하게

6) 짜게　　7) 짧게　　8) 쉽게　　9) 싸게　　10) 바쁘게

11) 크게　　12) 맵지 않게 **或** 안 맵게

2

2) 제 취미는 그림 그리기예요. / 제 취미는 그림 그리는 것이에요.

3) 저는 피아노 치기를 좋아해요. / 저는 피아노 치는 것을 좋아해요.

4) 저는 사진 찍기를 좋아해요. / 저는 사진 찍는 것을 좋아해요.

5) 자전거 타기는 건강에 좋아요. / 자전거 타는 것은 건강에 좋아요.　※건강에 좋다 : 對健康好

6) 한국어는 쓰기가 말하기보다 더 어려워요. / 한국어는 쓰는 것이 말하는 것보다 더 어려워요.

3

1) 출퇴근하기　　　　2) 친구들 만나기　　　　3) 지하철 타기

4) 등산하기　　　　5) 영화 보기　　　　6) 운동하러 가기

4

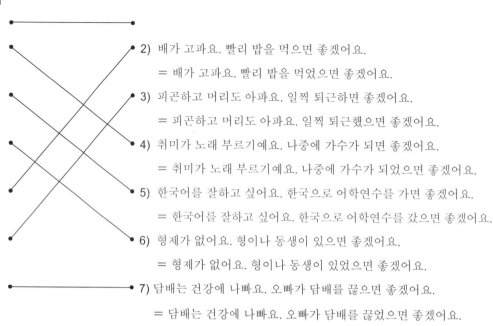

2) 배가 고파요. 빨리 밥을 먹으면 좋겠어요.

= 배가 고파요. 빨리 밥을 먹었으면 좋겠어요.

3) 피곤하고 머리도 아파요. 일찍 퇴근하면 좋겠어요.

= 피곤하고 머리도 아파요. 일찍 퇴근했으면 좋겠어요.

4) 취미가 노래 부르기예요. 나중에 가수가 되면 좋겠어요.

= 취미가 노래 부르기예요. 나중에 가수가 되었으면 좋겠어요.

5) 한국어를 잘하고 싶어요. 한국으로 어학연수를 가면 좋겠어요.

= 한국어를 잘하고 싶어요. 한국으로 어학연수를 갔으면 좋겠어요.

6) 형제가 없어요. 형이나 동생이 있으면 좋겠어요.

= 형제가 없어요. 형이나 동생이 있었으면 좋겠어요.

7) 담배는 건강에 나빠요. 오빠가 담배를 끊으면 좋겠어요.

= 담배는 건강에 나빠요. 오빠가 담배를 끊었으면 좋겠어요.

5

1) 두 분 오래오래 행복하게 사세요.

2) 저는 음식 만드는 것을 아주 좋아해요.

3) 제 방이 더 컸으면 좋겠어요.

4) 이번 시험은 쉬웠으면 좋겠어요.

6

1) 친구에게 무슨 선물을 하는 것이 좋을까요? = 친구에게 무슨 선물을 하는 게 좋을까요?

2) 한국어 배우기 쉬워요.

3) 한국말을 잘했으면 좋겠어요.

4) 연예인처럼 예뻤으면 좋겠어요.

5) 메리 크리스마스!

6) 새해 복 많이 받으세요.

第三課　여보세요, 거기 여행사지요?

1

2) 지금 운전하는 중이에요. **或** 운전 중이에요.

= 현빈 씨는 지금 운전하고 있어요.

3) 지금 식사하는 중이에요. **或** 식사 중이에요.

= 영준 씨는 지금 식사하고 있어요.

4) 지금 낮잠을 자는 중이에요.

= 근우 씨는 지금 낮잠을 자고 있어요.

5) 지금 책을 읽는 중이에요.

= 창미 씨는 지금 책을 읽고 있어요.

6) 지금 음악을 듣는 중이에요.

= 윤지 씨는 지금 음악을 듣고 있어요.

7) 지금 음식을 만드는 중이에요.

= 혜영 씨는 지금 음식을 만들고 있어요.

8) 지금 텔레비전을 보면서 과자를 먹는 중이에요.

= 민지 씨는 지금 텔레비전을 보면서 과자를 먹고 있어요.

2

2) 지훈 씨가 나경 씨에게 꽃다발을 줬어요.

= 나경 씨는 지훈 씨에게서 꽃다발을 받았어요.

= 나경 씨는 지훈 씨한테서 꽃다발을 받았어요.

3) 지훈 씨가 나경 씨에게 문자를 보냈어요.

= 나경 씨는 지훈 씨에게서 문자를 받았어요.

= 나경 씨는 지훈 씨한테서 문자를 받았어요.

4) 지훈 씨는 나경 씨에게 돈을 빌려 줬어요.

= 나경 씨는 지훈 씨에게서 돈을 빌렸어요.

= 나경 씨는 지훈 씨한테서 돈을 빌렸어요.

5) 지훈 씨가 나경 씨에게 그 얘기를 했어요.

= 나경 씨는 지훈 씨에게서 그 얘기를 들었어요.

= 나경 씨는 지훈 씨한테서 그 얘기를 들었어요.

6) 지훈 씨가 나경 씨에게 수영을 가르쳐 줬어요.

= 나경 씨는 지훈 씨에게서 수영을 배웠어요.

= 나경 씨는 지훈 씨한테서 수영을 배웠어요.

3

2) 동생한테서 왔어요. **或** 동생에게서 왔어요.

3) 시원 씨에게서 왔어요. **或** 시원 씨한테서 왔어요.

4) 학교 후배한테서 받았어요. **或** 학교 후배에게서 받았어요.

5) 도서관에서 빌렸어요.

4

2) 아니요, 모델이 아니라 가수예요.

3) 아니요, 수업 중이 아니라 통화 중이에요.

4) 아니요, 2시가 아니라 2시 40분에 시작해요.

5) 아니요, 영어 시험은 목요일이 아니라 금요일에 봐요.

6) 아니요, 일어가 아니라 한국어를 배워요.

7) 아니요, 햄버거가 아니라 피자를 먹었어요.

5

2) 회의 중이지요?　　3) 비싸지요?　　4) 춥지요?　　5) 운전할 수 있지요?

6) 자주 오지요?　　7) 받았지요?　　8) 갈 거지요?

6

1) 전화 잘못 거셨습니다.　　　　2) 네, 그런데요.　　　　　　3) 잠시만 기다리세요.

4) 이따가 다시 전화할게요.　　　5) 글쎄요, 잘 모르겠어요.

7

1) 아내는 지금 저녁을 만드는 중이에요.　　2) 일본 친구한테서 편지가 왔어요.

3) 방금 회사에서 전화가 왔어요.　　　　　4) 어제 제 문자 받았지요?

8

1) 지금 집에 가는 중이에요. 或 지금 집에 가고 있는 중이에요.

2) 친구에게서 카메라를 빌렸어요. 或 친구한테서 카메라를 빌렸어요.

3) 이 노트북은 제 것이 아니라 친구의 것이에요. 或 이 노트북은 제 게 아니라 친구 거예요.

4) 한국 사람이지요?

5) 지금 통화 가능해요?

6) 다영 씨 좀 바꿔 주세요.

第四課　내일은 비가 오겠습니다.

1

	原型	過去	現在	未來（或推測）
1	가다	갔습니다	갑니다	갈 겁니다
2	오다	왔습니다	옵니다	올 겁니다
3	만나다	만났습니다	만납니다	만날 겁니다
4	기다리다	기다렸습니다	기다립니다	기다릴 겁니다
5	앉다	앉았습니다	앉습니다	앉을 겁니다
6	보다	봤습니다	봅니다	볼 겁니다
7	읽다	읽었습니다	읽습니다	읽을 겁니다
8	듣다	들었습니다	듣습니다	들을 겁니다

9	먹다	먹었습니다	먹습니다	먹을 겁니다
10	마시다	마셨습니다	마십니다	마실 겁니다
11	놀다	놀았습니다	놉니다	놀 겁니다
12	걷다	걸었습니다	걷습니다	걸을 겁니다
13	주다	줬습니다	줍니다	줄 겁니다
14	받다	받았습니다	받습니다	받을 겁니다
15	사다	샀습니다	삽니다	살 겁니다
16	가르치다	가르쳤습니다	가르칩니다	가르칠 겁니다
17	배우다	배웠습니다	배웁니다	배울 겁니다
18	살다	살았습니다	삽니다	살 겁니다
19	만들다	만들었습니다	만듭니다	만들 겁니다
20	닫다	닫았습니다	닫습니다	닫을 겁니다
21	열다	열었습니다	엽니다	열 겁니다
22	입다	입었습니다	입습니다	입을 겁니다
23	벗다	벗었습니다	벗습니다	벗을 겁니다
24	쓰다	썼습니다	씁니다	쓸 겁니다
25	쉬다	쉬었습니다	쉽니다	쉴 겁니다
26	일하다	일했습니다	일합니다	일할 겁니다
27	운동하다	운동했습니다	운동합니다	운동할 겁니다
28	외출하다	외출했습니다	외출합니다	외출할 겁니다
29	자르다	잘랐습니다	자릅니다	자를 겁니다
30	알다	알았습니다	압니다	알 겁니다
31	모르다	몰랐습니다	모릅니다	모를 겁니다
32	묻다	물었습니다	묻습니다	물을 겁니다
33	믿다	믿었습니다	믿습니다	믿을 겁니다
34	비싸다	비쌌습니다	비쌉니다	비쌀 겁니다
35	맛있다	맛있었습니다	맛있습니다	맛있을 겁니다
36	재미없다	재미없었습니다	재미없습니다	재미없을 겁니다
37	배고프다	배고팠습니다	배고픕니다	배고플 겁니다

38	배부르다	배불렀습니다	배부릅니다	배부를 겁니다
39	크다	컸습니다	큽니다	클 겁니다
40	작다	작았습니다	작습니다	작을 겁니다
41	많다	많았습니다	많습니다	많을 겁니다
42	적다	적었습니다	적습니다	적을 겁니다
43	바쁘다	바빴습니다	바쁩니다	바쁠 겁니다
44	아프다	아팠습니다	아픕니다	아플 겁니다
45	예쁘다	예뻤습니다	예쁩니다	예쁠 겁니다
46	춥다	추웠습니다	춥습니다	추울 겁니다
47	덥다	더웠습니다	덥습니다	더울 겁니다
48	어렵다	어려웠습니다	어렵습니다	어려울 겁니다
49	맵다	매웠습니다	맵습니다	매울 겁니다
50	가깝다	가까웠습니다	가깝습니다	가까울 겁니다
51	멀다	멀었습니다	멉니다	멀 겁니다
52	다르다	달랐습니다	다릅니다	다를 겁니다
53	빠르다	빨랐습니다	빠릅니다	빠를 겁니다

2

	動詞原型	～아요/어요/해요	～ㅂ시다/읍시다	～십시오/으십시오
1	가다	가요	갑시다	가십시오
2	만나다	만나요	만납시다	만나십시오
3	보다	봐요	봅시다	보십시오
4	도와주다	도와줘요	도와줍시다	도와주십시오
5	찾다	찾아요	찾읍시다	찾으십시오
6	듣다	들어요	들읍시다	들으십시오
7	걷다	걸어요	걸읍시다	걸으십시오
8	받다	받아요	받읍시다	받으십시오
9	믿다	믿어요	믿읍시다	믿으십시오
10	닫다	닫아요	닫읍시다	닫으십시오

11	열다	열어요	엽시다	여십시오
12	만들다	만들어요	만듭시다	만드십시오
13	살다	살아요	삽시다	사십시오

3

2) 취미가 무엇입니까?

3) 이것은 제 물건이 아닙니다.

4) 여기는 예전에 동물원이었습니다.

5) 수업은 5시에 끝납니다.

6) 제 여동생은 부산에 삽니다.

7) 미혜 씨는 소고기를 먹지 않습니다.

8) 주말에 무엇을 할 겁니까?

9) 저녁에 김치찌개를 만들 겁니다.

10) 어제 친구를 만나서 영화를 봤습니다.

11) 너무 바빠서 점심도 못 먹었습니다.

12) 우리 다음 주에 같이 식사합시다.

13) 우리 밥 먹고 노래방에 갑시다.

14) 문 좀 열어 주십시오.

15) 담배를 끊으십시오.

16) 술을 너무 자주 마시지 마십시오.

4

2) 하겠습니다. **或** 연락하겠습니다.

3) 취직을 하겠습니다.

4) 먹겠습니다.

5) 주문하시겠습니까? **或** 드시겠습니까?

6) 계산하시겠습니까?

5

2) 내일 타이페이는 흐리고 쌀쌀하겠습니다. 낮 최고기온은 영상 14도가 되겠습니다.

3) 내일 도쿄는 흐리고 비가 오겠습니다. 낮 최고기온은 영하 3도가 되겠습니다.

4) 내일 뉴욕은 맑고 바람이 조금 불겠습니다. 낮 최고기온은 영상 2도가 되겠습니다.

5) 내일 런던은 눈이 오고 바람이 많이 불겠습니다. 낮 최고기온은 영하 7도가 되겠습니다.

6) 내일 시드니는 맑고 덥겠습니다. 낮 최고기온은 영상 26도가 되겠습니다.

6

1) ～ 4)

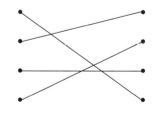

5) ～ 11)

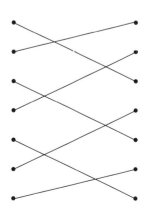

7

2) 재미있으니까　3) 막히니까　4) 더우니까　5) 매우니까　6) 사니까　7) 먹었으니까

8

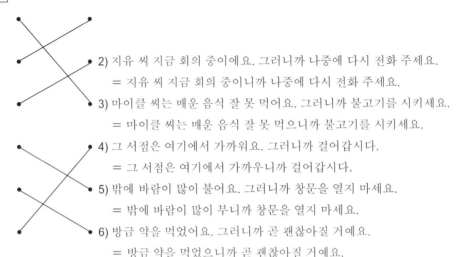

2) 지유 씨 지금 회의 중이에요. 그러니까 나중에 다시 전화 주세요.
　　= 지유 씨 지금 회의 중이니까 나중에 다시 전화 주세요.

3) 마이클 씨는 매운 음식 잘 못 먹어요. 그러니까 불고기를 시키세요.
　　= 마이클 씨는 매운 음식 잘 못 먹으니까 불고기를 시키세요.

4) 그 서점은 여기에서 가까워요. 그러니까 걸어갑시다.
　　= 그 서점은 여기에서 가까우니까 걸어갑시다.

5) 밖에 바람이 많이 불어요. 그러니까 창문을 열지 마세요.
　　= 밖에 바람이 많이 부니까 창문을 열지 마세요.

6) 방금 약을 먹었어요. 그러니까 곧 괜찮아질 거예요.
　　= 방금 약을 먹었으니까 곧 괜찮아질 거예요.

9

1) 제 여동생은 일본 사람과 결혼해서 지금 도쿄에 삽니다.
2) 어제는 바람도 불지 않고 아주 더웠습니다.
3) 내일은 우리 같이 김치를 만듭시다.
4) 오늘은 아주 추우니까 옷을 따뜻하게 입으세요.

10

1) 부장님, 커피 드시겠습니까? **或** 부장님, 커피 드시겠어요?
2) 딸이 많이 걱정되겠어요.
3) 지금은 바쁘니까 나중에 다시 통화해요.
4) 밖에 비가 오니까 우산을 가지고 가세요.
5) A : 점심 아직 안 먹었어요?
　 B : 네, 아직이요.

【複習題目】第一課～第四課

1

1) 그리고　　2) 그러면　　3) 그래서　　4) 그렇지만　　5) 그러니까
6) 그렇지만　7) 그래서　　8) 그리고　　9) 그러면　　10) 그러니까

2

1) ③　2) ③　3) ④　4) ②　5) ④　6) ②　7) ③　8) ①　9) ④

3

1) ②　2) ④　3) ①

4

1) ④　2) ③

5

1) 저녁을 먹고 있을 때 친구한테서 전화가 왔어요.

2) 집 근처에 지하철역이 있어서 지하철 타기 편해요.

3) 내일 아침에 중요한 회의가 있으니까 7시까지 출근하십시오.

6

1) ③　2) ④

7

1) 커피나 차 마실래요?

2) 저는 토요일이나 일요일 다 괜찮아요.

3) 너무 짜거나 매운 음식은 드시지 마세요.

4) 친구는 지금 과자를 먹으면서 텔레비전을 보고 있어요.

5) 저는 항상 음악을 들으면서 숙제를 해요.

6) 여름방학 때 한국으로 여행갈 거예요.

7) 회의할 때는 핸드폰을 꺼 주세요.　※핸드폰 = 휴대폰 = 휴대전화

8) 어렸을 때 꿈은 가수였어요. = 어릴 때 꿈은 가수였어요.

9) 남자 친구가 한국 사람이기 때문에 한국어를 배워요.

10) 한국 드라마를 좋아하기 때문에 한국어를 배워요.

11) 어제는 많이 아팠기 때문에 학교에 못 갔어요.

12) 왜 그래요? 무슨 고민 있어요?

13) 내일 시험이 너무 걱정돼요.

14) 여름방학이 시작되었어요. = 여름방학이 시작됐어요.

15) 여름방학이 끝났어요.

16) 제 여동생은 아주 귀엽게 생겼어요.

17) 맛있게 드세요.

18) 이 카메라 인터넷에서 싸게 샀어요.

19) 제 취미는 사진 찍기예요.

20) 저는 그림 그리는 것을 좋아해요.

21) 한국어 배우기 쉬워요.

22) 어젯밤부터 기침하기 시작했어요.

23) 외출하기 귀찮아요.

24) 내일 날씨가 좋았으면 좋겠어요.

25) 우리 가족 모두 건강했으면 좋겠어요.

26) 메리 크리스마스 !

27) 새해 복 많이 받으세요.

28) 새해 소원이 뭐예요?

29) 부자 되세요.

30) 다영 씨는 지금 통화 중이에요.

31) 저는 그때 회의 중이었어요. = 저는 그때 회의하고 있었어요.

32) 친구에게서 생일 선물을 받았어요. = 친구한테서 생일 선물을 받았어요.

33) 방금 학교에서 전화가 왔어요.

34) 회사 동료에게서 돈을 빌렸어요. = 회사 동료한테서 돈을 빌렸어요.

35) 저는 일본 사람이 아니라 대만 사람이에요.

36) 저는 은행이 아니라 여행사에서 일해요.

37) 제가 주문한 건 커피가 아니라 홍차예요.

38) 한국 사람이지요?

39) 여보세요, 거기 여행사지요?

40) 이 드라마 정말 재미있지요?

41) 제 메일 받았지요? = 제 이메일 받았지요?

42) 방금 누구랑 통화했어요?

43) 지금 통화 가능해요?

44) 다영 씨 좀 바꿔 주세요.

45) 다영 씨, 전화 받으세요.

46) 좋겠네요.

47) 피곤하겠어요.

48) 맛있겠어요.

49) 걱정되겠어요.

50) 긴장되겠어요.

51) 아직이요.

52) 다음 주에 시험이 있으니까 열심히 공부하세요.

53) 밖에 비가 오니까 우산을 가지고 가세요. = 밖에 비가 오니까 우산을 가져가세요.

54) 여기는 제 방입니다.

55) 취미가 무엇입니까?

56) 저는 한국 사람이 아닙니다.

57) 고모는 예전에 가수였습니다.

58) 이곳은 예전에 병원이었습니다.

59) 무슨 요일에 한국어를 배웁니까?

60) 이 옷은 비싸지 않습니다.

61) 여름방학 때 아르바이트를 하고 싶습니다.

62) 저는 타이페이에 삽니다.

63) 어제 학교에 안 갔습니다.

64) 남자 친구와 언제 결혼할 겁니까?

65) 우리 택시 타고 갑시다.

66) 좀 도와주십시오.

67) 잘 먹겠습니다.

68) 조금 이따가 주문하겠습니다.

69) 손님, 어떻게 계산하시겠습니까?

70) 현금으로 하겠습니다.

71) 신용카드로 하겠습니다.

72) 내일은 비가 오겠습니다.

73) 일기예보에서 "내일은 춥겠습니다."라고 했습니다.

填字遊戲

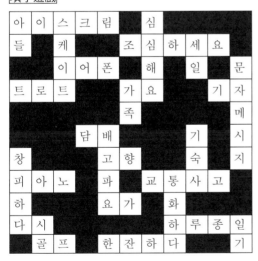

第五課　제일 좋아하는 과일이 뭐예요?

1

2)

① 한국말을 할 줄 압니다.	② 한국말을 잘 할 줄 압니다.
＝ 한국말을 할 줄 알아요.	＝ 한국말을 잘 할 줄 알아요.
＝ 한국말을 할 수 있어요.	＝ 한국말을 잘 할 수 있어요.
	＝ 한국말을 잘해요.
③ 한국말을 조금 할 줄 압니다.	④ 한국말을 할 줄 모릅니다.
＝ 한국말을 조금 할 줄 알아요.	＝ 한국말을 할 줄 몰라요.
＝ 한국말을 조금 할 수 있어요.	＝ 한국말을 할 수 없어요.
＝ 한국말을 조금 해요.	＝ 한국말을 못해요.

3)

① 스키를 탈 줄 압니다.	② 스키를 잘 탈 줄 압니다.
＝ 스키를 탈 줄 알아요.	＝ 스키를 잘 탈 줄 알아요.
＝ 스키를 탈 수 있어요.	＝ 스키를 잘 탈 수 있어요.
	＝ 스키를 잘 타요.
③ 스키를 조금 탈 줄 압니다.	④ 스키를 탈 줄 모릅니다.
＝ 스키를 조금 탈 줄 알아요.	＝ 스키를 탈 줄 몰라요.
＝ 스키를 조금 탈 수 있어요.	＝ 스키를 탈 수 없어요.
＝ 스키를 조금 타요.	＝ 스키를 못 타요.

4)

① 한국 음식을 만들 줄 압니다.	② 한국 음식을 잘 만들 줄 압니다.
＝ 한국 음식을 만들 줄 알아요.	＝ 한국 음식을 잘 만들 줄 알아요.
＝ 한국 음식을 만들 수 있어요.	＝ 한국 음식을 잘 만들 수 있어요.
	＝ 한국 음식을 잘 만들어요.
③ 한국 음식을 조금 만들 줄 압니다.	④ 한국 음식을 만들 줄 모릅니다.
＝ 한국 음식을 조금 만들 줄 알아요.	＝ 한국 음식을 만들 줄 몰라요.
＝ 한국 음식을 조금 만들 수 있어요.	＝ 한국 음식을 만들 수 없어요.
＝ 한국 음식을 조금 만들어요.	＝ 한국 음식을 못 만들어요.

2

2) 축구는 할 줄 알지만 야구는 할 줄 몰라요.

3) 테니스는 칠 줄 알지만 골프는 칠 줄 몰라요.

4) 저는 피아노는 칠 줄 알지만 기타는 칠 줄 몰라요.

5) 저는 스키는 탈 줄 알지만 스케이트는 탈 줄 몰라요.

6) 저는 자전거는 탈 줄 알지만 오토바이는 탈 줄 몰라요.

7) 저는 라면은 끓일 줄 알지만 김치찌개는 끓일 줄 몰라요.

8) 저는 과자는 만들 줄 알지만 케이크는 만들 줄 몰라요.

3

1) 네, 마셔 본 적 있어요.

2) 아니요, 피워 본 적 없어요.

3) 네, 짝사랑해 본 적 있어요.

4) 사귀어 본 적 있어요? / 아니요, 사귀어 본 적 없어요.

5) 해 본 적 있어요? / 아니요, 해 본 적 없어요.

6) 받아 본 적 있어요? / 네, 받아 본 적 있어요.

4

2) 혼자 여행을 한 적이 있습니다.	혼자 여행을 한 적 있어요.
혼자 여행을 해 봤습니다.	혼자 여행을 해 봤어요.
혼자 여행을 해 본 적이 있습니다.	혼자 여행을 해 본 적 있어요.
혼자 여행을 했었습니다.	혼자 여행을 했었어요.

3) 떡볶이를 먹은 적이 있습니다.	떡볶이를 먹은 적 있어요.
떡볶이를 먹어 봤습니다.	떡볶이를 먹어 봤어요.
떡볶이를 먹어 본 적이 있습니다.	떡볶이를 먹어 본 적 있어요.
떡볶이를 먹었었습니다.	떡볶이를 먹었었어요.

4) 김치를 직접 만든 적이 있습니다.	김치를 직접 만든 적 있어요.
김치를 직접 만들어 봤습니다.	김치를 직접 만들어 봤어요.
김치를 직접 만들어 본 적이 있습니다.	김치를 직접 만들어 본 적 있어요.
김치를 직접 만들었었습니다.	김치를 직접 만들었었어요.

5

1) 갈 수 없어요.　　2) 얘기할 수 있어요?　　3) 빌려 줄 수 있어요?

4) 찍을 수 없어요.　　5) 피울 수 있어요?　　6) 살 수 없어요.　　7) 운전할 수 없어요.

6

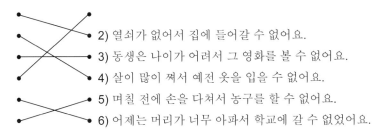

2) 열쇠가 없어서 집에 들어갈 수 없어요.

3) 동생은 나이가 어려서 그 영화를 볼 수 없어요.

4) 살이 많이 쪄서 예전 옷을 입을 수 없어요.

5) 며칠 전에 손을 다쳐서 농구를 할 수 없어요.

6) 어제는 머리가 너무 아파서 학교에 갈 수 없었어요.

7

	動詞原型	動詞（過去）＋名詞	動詞（現在）＋名詞	動詞（未來）＋名詞
1	가다	어제 간 곳	지금 가는 곳	내일 갈 곳
2	오다	어제 온 손님	지금 오는 손님	내일 올 손님
3	먹다	어제 먹은 음식	지금 먹는 음식	내일 먹을 음식
4	마시다	어제 마신 차	지금 마시는 차	내일 마실 차
5	만들다	어제 만든 쿠키	지금 만드는 쿠키	내일 만들 쿠키
6	입다	어제 입은 옷	지금 입는 옷	내일 입을옷
7	보다	어제 본 영화	지금 보는 영화	내일 볼 영화
8	구경하다	어제 구경한 동물원	지금 구경하는 동물원	내일 구경할 동물원
9	배우다	어제 배운 내용	지금 배우는 내용	내일 배울 내용
10	읽다	어제 읽은 책	지금 읽는 책	내일 읽을 책
11	하다	어제 한 숙제	지금 하는 숙제	내일 할 숙제
12	빌리다	어제 빌린 CD	지금 빌리는 CD	내일 빌릴 CD
13	주다	어제 준 선물	지금 주는 선물	내일 줄 선물
14	받다	어제 받은 선물	지금 받는 선물	내일 받을 선물
15	쓰다	어제 쓴 편지	지금 쓰는 편지	내일 쓸 편지
16	부치다	어제 부친 편지	지금 부치는 편지	내일 부칠 편지
17	보내다	어제 보낸 이메일	지금 보내는 이메일	내일 보낼 이메일
18	부르다	어제 부른 노래	지금 부르는 노래	내일 부를 노래
19	듣다	어제 들은 노래	지금 듣는 노래	내일 들을 노래
20	사다	어제 산 과일	지금 사는 과일	내일 살 과일
21	팔다	어제 판 과일	지금 파는 과일	내일 팔 과일
22	만나다	어제 만난 친구	지금 만나는 친구	내일 만날 친구
23	연락하다	어제 연락한 친구	지금 연락하는 친구	내일 연락할 친구
24	예약하다	어제 예약한 식당	지금 예약하는 식당	내일 예약할 식당
25	예매하다	어제 예매한 영화표	지금 예매하는 영화표	내일 예매할 영화표
26	타다	어제 탄 버스	지금 타는 버스	내일 탈 버스

8

2) 모르는　　3) 좋아하는　　4) 부르는　　5) 읽고 있는　　6) 받고 싶은

7) 온　　　8) 본　　　9) 산　　　10) 먹을　　11) 만들

9

1) 저는 운전할 줄 압니다.

2) 이 노래 들어 본 적 있어요.

3) 오늘은 숙제가 많아서 친구와 놀 수 없어요.

4) 지금 만드는 음식이 뭐예요?

5) 어제 모임에 오지 않은 사람이 누구예요?

6) 우리 반에 혈액형이 AB형인 사람 있어요?

10

1) 중국어 할 줄 알아요? 或 중국어 할 수 있어요?   ※중국어 = 중국말

2) 몇 년 전에 한국에 간 적 있어요. = 몇 년 전에 한국에 가 봤어요.

   = 몇 년 전에 한국에 가 본 적 있어요. = 몇 년 전에 한국에 갔었어요.

3) 여기에서는 담배를 피울 수 없어요.

4) 이건 친구가 준 거예요. = 이건 친구한테서 받은 거예요.

第六課 이 옷 한번 입어 봐도 돼요?

1

2) 맵네요.	3) 비싸네요.	4) 많네요.	5) 멋있네요.
6) 머네요.	7) 잘 하네요.	8) 오래 배웠네요.	9) 잘 봤네요.

2

2) 어, 남자 친구가 외국 사람이네요. / 어, 남자 친구가 외국 사람이군요.

3) 이 옷 참 예쁘네요. / 이 옷 참 예쁘군요.

4) 오늘 날씨가 참 좋네요. / 오늘 날씨가 참 좋군요.

5) 여기 경치가 참 아름답네요. / 여기 경치가 참 아름답군요.

6) 두 사람 참 잘 어울리네요. / 두 사람 참 잘 어울리는군요.

7) 명아 씨 요리를 참 잘하네요. / 명아 씨 요리를 참 잘하는군요.

8) 어, 저랑 같은 동네에 사네요. / 어, 저랑 같은 동네에 사는군요.

9) 어, 핸드폰이 고장 났네요. / 어, 핸드폰이 고장 났군요.

10) 어젯밤에 비가 많이 왔네요. / 어젯밤에 비가 많이 왔군요.

3

1) ② 쓰다 ③ 입다 ④ 메다 ⑤ 입다 ⑥ 신다 ⑦ 신다 ⑧ 끼다 ⑨ 하다

2) ② 안경을 쓰고 있어요. / 안경을 썼어요.

   ③ 스웨터를 입고 있어요. / 스웨터를 입었어요.

④ 시원 씨는 가방을 메고 있어요. / 시원 씨는 가방을 멨어요. **(或** 메었어요.**)**

⑤ 시원 씨는 바지를 입고 있어요. / 시원 씨는 바지를 입었어요.

⑥ 시원 씨는 운동화를 신고 있어요. / 시원 씨는 운동화를 신었어요.

⑦ 시원 씨는 흰색 양말을 신고 있어요. / 시원 씨는 흰색 양말을 신었어요.

⑧ 시원 씨는 장갑을 끼고 있어요. / 시원 씨는 장갑을 꼈어요. **(或** 끼었어요. **)**

⑨ 시원 씨는 목도리를 하고 있어요. / 시원 씨는 목도리를 했어요.

4

1) ② 하다 ③ 하다 ④ 끼다 ⑤ 입다 ⑥ 신다 ⑦ 신다 ⑧ 들다 ⑨ 하다 ⑩ 차다

2) ② 귀고리를 하고 있는 / 귀고리를 한

③ 목걸이를 하고 있는 / 목걸이를 한

④ 반지를 끼고 있는 사람이 수지 씨예요. / 반지를 낀 사람이 수지 씨예요.

⑤ 원피스를 입고 있는 사람이 수지 씨예요. / 원피스를 입은 사람이 수지 씨예요.

⑥ 하이힐을 신고 있는 사람이 수지 씨예요. / 하이힐을 신은 사람이 수지 씨예요.

⑦ 검정색 스타킹을 신고 있는 사람이 수지 씨예요. / 검정색 스타킹을 신은 사람이 수지 씨예요.

⑧ 핸드백을 들고 있는 사람이 수지 씨예요. / 핸드백을 든 사람이 수지 씨예요.

⑨ 벨트를 하고 있는 사람이 수지 씨예요. / 벨트를 한 사람이 수지 씨예요.

⑩ 시계를 차고 있는 사람이 수지 씨예요. / 시계를 찬 사람이 수지 씨예요.

5

2) 일 다 했으면 먼저 퇴근해도 됩니다. ＝ 일 다 했으면 먼저 퇴근해도 돼요.

＝ 일 다 했으면 먼저 퇴근해도 괜찮습니다.＝ 일 다 했으면 먼저 퇴근해도 괜찮아요.

3) 오늘 바쁘면 내일 와도 됩니다. ＝ 오늘 바쁘면 내일 와도 돼요.

＝ 오늘 바쁘면 내일 와도 괜찮습니다. ＝ 오늘 바쁘면 내일 와도 괜찮아요.

4) 배고프면 먼저 먹어도 됩니다. ＝ 배고프면 먼저 먹어도 돼요.

＝ 배고프면 먼저 먹어도 괜찮습니다. ＝ 배고프면 먼저 먹어도 괜찮아요.

5) 더우면 에어컨을 켜도 됩니다. ＝ 더우면 에어컨을 켜도 돼요.

＝ 더우면 에어컨을 켜도 괜찮습니다. ＝ 더우면 에어컨을 켜도 괜찮아요.

6

2) 이 모자 한번 써 봐도 돼요?　　3) 창문 닫아도 돼요?　　4) 이거 먹어도 돼요?

5) 같이 사진 찍어도 돼요?　　6) 불 꺼도 돼요?　　7) 예약 취소해도 돼요?

8) 여기에서 노래 불러도 돼요?

7

2) 사진을 찍으면 안 돼요.　　3) 담배를 피우면 안 돼요.　　　　4) 주차하면 안 돼요.

5) 쓰레기를 버리면 안 돼요.　　6) 만지면 안 돼요.

8

1) 써 봐도 돼요　　　　2) 봐도 돼요　　　　3) 키우면 안 돼요　　　　4) 씹으면 안 돼요

5) 입으면 안 돼요　　　　6) 전화해도 돼요　　　　7) 늦어도 되

⑨

1) 보여 주세요　　　　　2) 신어 봐도 돼요　　　　3) 신으세요　　　　　　4) 신어 보세요

5) 딱 맞네요　　　　　　6) 계산해도 되지요

⑩

1) 수지 씨 어렸을 때 참 귀여웠네요.　　　　　2) 교실에서는 음악을 크게 들으면 안 돼요.

3) 저기 갈색 구두를 신은 사람이 강호동 씨예요.　　4) 이 문은 열면 안 돼요.

⑪

1) 어, 엘리베이터가 고장 났네요. **或** 어, 엘리베이터가 고장 났군요.

2) 저는 흰색 티셔츠에 청바지를 입고 있어요. **或** 저는 흰색 티셔츠에 청바지를 입었어요.

3) 이 옷 한번 입어 봐도 돼요?

4) 여기에서는 담배를 피우면 안 돼요.

5) 사이즈 몇 입으세요?

第七課　모델이 되려면 키가 커야 해요.

①

2) 좋아지다 / 좋아졌어요.　　3) 나빠지다 / 나빠졌어요.　　4) 괜찮아지다 / 괜찮아졌어요.

5) 없어지다 / 없어졌어요.　　6) 날씬해지다 / 날씬해졌어요.　7) 깨끗해지다 / 깨끗해졌어요.

8) 추워지다 / 추워졌어요.

②

2) 편지를 부치려고 갔어요.　　　3) 숙제를 물어보려고 전화했어요.

4) 어리게 보이려고 잘랐어요.　　5) 내일 산에 가서 먹으려고 만들었어요.

6) 샌드위치를 만들려고 샀어요.

③

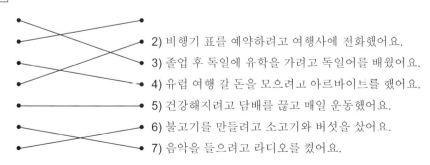

2) 비행기 표를 예약하려고 여행사에 전화했어요.

3) 졸업 후 독일에 유학을 가려고 독일어를 배웠어요.

4) 유럽 여행 갈 돈을 모으려고 아르바이트를 했어요.

5) 건강해지려고 담배를 끊고 매일 운동했어요.

6) 불고기를 만들려고 소고기와 버섯을 샀어요.

7) 음악을 들으려고 라디오를 켰어요.

④

2) 사야 해요.　　3) 일어나야 해요.　　4) 타야 해요.　　5) 빼야 해요.　　6) 찾아야 해요.

5

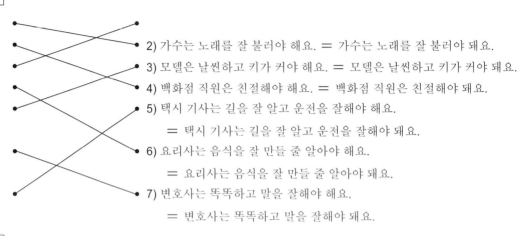

2) 가수는 노래를 잘 불러야 해요. ＝ 가수는 노래를 잘 불러야 돼요.

3) 모델은 날씬하고 키가 커야 해요. ＝ 모델은 날씬하고 키가 커야 돼요.

4) 백화점 직원은 친절해야 해요. ＝ 백화점 직원은 친절해야 돼요.

5) 택시 기사는 길을 잘 알고 운전을 잘해야 해요.

   ＝ 택시 기사는 길을 잘 알고 운전을 잘해야 돼요.

6) 요리사는 음식을 잘 만들 줄 알아야 해요.

   ＝ 요리사는 음식을 잘 만들 줄 알아야 돼요.

7) 변호사는 똑똑하고 말을 잘해야 해요.

   ＝ 변호사는 똑똑하고 말을 잘해야 돼요.

6

2) 남대문시장에 가려면 다음 역에서 내려야 해요.

3) 도서관에서 책을 빌리려면 학생증이 있어야 해요.

4) 오늘까지 이 일을 다 끝내려면 야근을 해야 해요.

5) 건강해지려면 고기보다 야채를 많이 먹어야 해요.

6) 그 식당에서 밥을 먹으려면 한 달 전에 예약해야 해요.

7) 이 영화를 다운 받으려면 돈을 내야 해요.

8) 수업에 늦지 않으려면 지금 집에서 나가야 해요.

7

1) 시험이 어려워졌어요.

2) 졸업식날 입으려고 옷을 샀어요.

3) 버스 정류장에서 집까지 얼마나 걸어야 돼요 ?

4) 이번 영어 시험을 잘 보려면 단어를 많이 외워야 해요.

8

1) 가방이 없어졌어요.

2) 날씨가 추워졌어요.

3) 친구에게 선물하려고 책을 샀어요.

4) 오늘도 야근해야 해요. ＝ 오늘도 야근해야 돼요.

5) 운전을 하려면 운전면허증이 있어야 해요. ＝ 운전을 하려면 운전면허증이 있어야 돼요.

第八課　요즘 한국어를 배우는데 아주 재미있어요.

1

1) 고장난 것 같아요
2) 마신 것 같아요
3) 잘한 것 같아요
4) 좋아하는 것 같아요
5) 피우는 것 같아요
6) 먹는 것 같아요
7) 결혼할 것 같아요
8) 퇴근할 것 같아요
9) 살 것 같아요

2

1) 코끼리인 것 같아요.
2) 한국 사람인 것 같아요.
3) 아주 좋은 것 같아요.
4) 사무실에 없는 것 같아요.
5) 안 바쁜 것 같아요. **或** 바쁘지 않은 것 같아요.
6) 요리를 하고 있는 것 같아요. **或** 요리를 하는 것 같아요.
　或 음식을 만들고 있는 것 같아요. **或** 음식을 만드는 것 같아요.
7) 비가 올 것 같아요.
8) 재미있을 것 같아요.
9) 추울 것 같아요.
10) 먼 것 같아요.

3

	名詞	過去	現在	未來、推測
1	친구	친구였는데	친구인데	친구일 건데
2	선물	선물이었는데	선물인데	선물일 건데
3	회사	회사였는데	회사인데	회사일 건데
4	사람	사람이었는데	사람인데	사람일 건데
5	카메라	카메라였는데	카메라인데	카메라일 건데
6	식당	식당이었는데	식당인데	식당일 건데

	形容詞原型	過去	現在	未來、推測
7	크다	컸는데	큰데	클 건데
8	맛있다	맛있었는데	맛있는데	맛있을 건데
9	작다	작았는데	작은데	작을 건데
10	바쁘다	바빴는데	바쁜데	바쁠 건데
11	많다	많았는데	많은데	많을 건데
12	재미있다	재미있었는데	재미있는데	재미있을 건데
13	좋다	좋았는데	좋은데	좋을 건데
14	맛없다	맛없었는데	맛없는데	맛없을 건데
15	따뜻하다	따뜻했는데	따뜻한데	따뜻할 건데
16	춥다	추웠는데	추운데	추울 건데
17	어렵다	어려웠는데	어려운데	어려울 건데
18	귀엽다	귀여웠는데	귀여운데	귀여울 건데

19	길다	길었는데	긴데	길 건데
20	멀다	멀었는데	먼데	멀 건데
21	힘들다	힘들었는데	힘든데	힘들 건데
22	그렇다	그랬는데	그런데	그럴 건데
23	까맣다 (黑)	까맸는데	까만데	까말 건데

	動詞原型	過去	現在	未來、推測
24	가다	갔는데	가는데	갈 건데
25	먹다	먹었는데	먹는데	먹을 건데
26	사다	샀는데	사는데	살 건데
27	결혼하다	결혼했는데	결혼하는데	결혼할 건데
28	입다	입었는데	입는데	입을 건데
29	주다	줬는데	주는데	줄 건데
30	받다	받았는데	받는데	받을 건데
31	연락하다	연락했는데	연락하는데	연락할 건데
32	만들다	만들었는데	만드는데	만들 건데
33	놀다	놀았는데	노는데	놀 건데
34	살다	살았는데	사는데	살 건데

4

2) 있는데요.　　　3) 7시에 퇴근하는데요.　　　4) 28살인데요.

5) 별로 안 바쁜데요.　　6) 10,000원 주고 샀는데요.　　7) 친구랑 영화 보러 갈 건데요.

8) 그런데요.　　　9) 아닌데요.　　　10) 지금 자리에 없는데요.

11) 이번 주 토요일 점심 예약을 하려고 하는데요.

12) 여자 친구에게 선물을 하고 싶은데요.

5

2) 이 사람은 우리 오빠인데 지금 컴퓨터 회사에 다니고 있어요.

3) 내일 제주도에 가는데 비가 올 것 같아요.

4) 요즘 프랑스어를 배우는데 생각보다 많이 어렵네요.

5) 주말에 백화점에 갔는데 사람이 정말 많았어요.

6) 어제 한국 식당에서 돌솥비빔밥을 먹었는데 아주 맛있었어요.

7) 저 지금 식당에 가는데 같이 갈래요?

8) 밖에 비가 오는데 우산을 가지고 가세요.

9) 오늘 날씨도 안 좋은데 등산은 다음에 갑시다.

10) 국이 좀 싱거운데 소금을 더 넣을까요?

11) 퇴근 후에 시원 씨랑 같이 저녁 먹을 건데 미혜 씨도 같이 가요.

12) 형은 운동을 잘하는데 저는 운동을 못해요.

13) 저는 액션 영화를 좋아하는데 규현 씨는 무슨 영화를 좋아해요?

14) 이 옷은 디자인은 참 예쁜데 가격이 너무 비싸요.

15) 아침에는 머리가 너무 아팠는데 지금은 괜찮아졌어요.

16) 제 동생은 아직 초등학생인데 키가 170cm예요.

17) 그 여자 배우는 얼굴은 예쁜데 연기를 못해요.

6

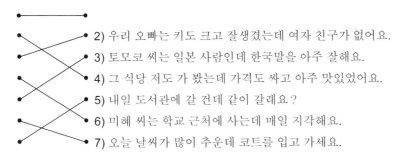

2) 우리 오빠는 키도 크고 잘생겼는데 여자 친구가 없어요.

3) 토모코 씨는 일본 사람인데 한국말을 아주 잘해요.

4) 그 식당 저도 가 봤는데 가격도 싸고 아주 맛있었어요.

5) 내일 도서관에 갈 건데 같이 갈래요?

6) 미혜 씨는 학교 근처에 사는데 매일 지각해요.

7) 오늘 날씨가 많이 추운데 코트를 입고 가세요.

7

1) 만나기로 해요.   2) 가기로 해요.   3) 마시기로 했어요.

4) 공부하기로 했어요.   5) 먹기로 했어요.

8

1) 다영 씨가 어제 시험을 잘 못 본 것 같아요.

2) 좀 더운데 에어컨을 켤까요?

3) 언니는 일어를 잘하는데 동생은 일어를 전혀 못해요.

4) 내일 시원 씨랑 어디에서 만나기로 했어요?

9

1) 다영 씨는 영어를 잘하는 것 같아요.

2) A : 여보세요, 김다영 씨 있어요? / B : 전데요.

3) 글쎄요, 잘 모르겠는데요.

4) 여행을 가고 싶은데 돈이 없어요.

5) 내일 친구랑 만나기로 했어요. = 내일 친구랑 만나기로 약속했어요.

【複習題目】第五課～第八課

1

1) 있는데   2) 먹는데   3) 배우는데   4) 봤는데   5) 갈 건데   6) 보이는데

7) 인데   8) 큰데   9) 잘하는데   10) 싶은데   11) 공부했는데   12) 추운데

2

1) ② 　2) ② 　3) ③ 　4) ④ 　5) ① 　6) ④ 　7) ② 　8) ③

3

1) ③ 　2) ① 　3) ④

4

1) ② 　2) ④

5

1) 친구들과 같이 먹으려고 샌드위치를 만들었어요.

2) 제 동생은 키가 작은데 농구를 잘해요.

3) 앞으로 담배를 피우지 않기로 아내하고 약속했어요.

6

1) (④) → (⑦) → (③) → (⑤) → (①) → (⑥) → (②)

2) ③

7

1) 운전할 줄 알아요?

2) 한국말을 조금 할 줄 알아요.　　※한국말 ＝ 한국어

3) 김치를 만들 줄 몰라요.

4) 한국에 간 적 있어요. ＝ 한국에 가 봤어요. ＝ 한국에 가 본 적 있어요.

5) 이 노래 들은 적 있어요. ＝ 이 노래 들어 봤어요. ＝ 이 노래 들어 본 적 있어요.

6) 친구에게 거짓말을 한 적 없어요. ＝ 친구에게 거짓말을 안 해 봤어요.

　　＝ 친구에게 거짓말을 해 본 적 없어요.　　※친구에게 ＝ 친구한테

7) 지금 통화할 수 있어요?

8) 지금 우리 집에 올 수 있어요?

9) 오늘은 일찍 퇴근할 수 없어요.

10) 제가 제일 좋아하는 한국 음식은 돌솥비빔밥이에요.

11) 제가 제일 받고 싶은 선물은 노트북이에요.

12) 지금 만드는 음식이 뭐예요?

13) 제가 보낸 이메일 받았어요?　　※이메일 ＝ 메일

14) 이건 친구가 준 거예요. ＝ 이건 친구한테서 받은 거예요.

15) 점심에 먹은 도시락 맛있었어요?

16) 방금 친구에게 줄 선물을 샀어요.

17) 남자 친구가 한국 사람이네요. 或 남자 친구가 한국 사람이군요.

18) 여동생이 참 예쁘네요. 或 여동생이 참 예쁘군요.

19) 좀 비싸네요. 或 좀 비싸군요.

20) 중국말을 잘하네요. **或** 중국말을 잘하는군요.　※중국말 = 중국어

21) 엘리베이터가 고장 났네요. **或** 엘리베이터가 고장 났군요.

22) 다영 씨는 안경을 쓰고 있어요. **或** 다영 씨는 안경을 썼어요.

23) 저기 모자를 쓰고 있는 사람이 다영 씨예요. **或** 저기 모자를 쓴 사람이 다영 씨예요.

24) 저는 흰색 티셔츠에 청바지를 입고 있어요.　※흰색 = 하얀색

25) 먼저 퇴근해도 돼요.

26) 여기에서 사진 찍어도 돼요?

27) 이 옷 한번 입어 봐도 돼요?

28) 이 신발 한번 신어 봐도 돼요?

29) 여기에서는 담배를 피우면 안 돼요. = 여기에서는 담배를 피울 수 없어요.

30) 사이즈 몇 입으세요? = 사이즈가 어떻게 되세요?

31) 기분이 좋아졌어요.

32) 손님이 많아졌어요.

33) 지갑이 없어졌어요.

34) 날씨가 추워졌어요.

35) 친구를 만나려고 커피숍에 갔어요.

36) 노트북을 사려고 돈을 모았어요.

37) 김치찌개를 만들려고 두부와 돼지고기를 샀어요.

38) 오늘도 야근을 해야 해요. = 오늘도 야근을 해야 돼요.

39) 가수는 노래를 잘 불러야 해요. = 가수는 노래를 잘 불러야 돼요.
 = 가수는 노래를 잘 해야 해요. = 가수는 노래를 잘 해야 돼요.

40) 건강해지려면 술과 담배를 끊으세요.

41) 여권을 만들려면 어떻게 해야 해요?

42) 늦지 않으려면 택시를 타고 가세요.

43) A : 그동안 잘 지냈어요?
　　B : 네, 덕분에요.

44) 저 사람 외국 사람 같아요. = 저 사람 외국 사람인 것 같아요.

45) 이 옷이 더 예쁜 것 같아요.

46) 다영 씨는 요리를 잘하는 것 같아요.

47) 컴퓨터 고장난 것 같아요.

48) 어젯밤에 비가 온 것 같아요.

49) 지금 비가 오는 것 같아요.

50) 내일 비가 올 것 같아요.

51) A : 여보세요, 거기 여행사지요?
　　B : 네, 그런데요.

52) A : 여보세요, 거기 중국집이지요?

　　 B : 아닌데요.

53) A : 여보세요, 김 부장님 계세요?

　　 B : 지금 안 계시는데요.

54) A : 여보세요, 김다영 씨 있어요?

　　 B : 네, 전데요. 누구세요?

55) A : 어서 오세요.

　　 B : 핸드폰을 사려고 하는데요. / 핸드폰을 사고 싶은데요.

56) 여기요~ 김치찌개 하나 돌솥비빔밥 하나 주세요.

57) 별로예요.

58) （너무）아쉽네요. 或（너무）아쉬워요.

59) 오늘부터 다이어트를 하기로 했어요. = 오늘부터 다이어트를 하기로 결심했어요.

60) 내일 친구랑 만나기로 했어요. = 내일 친구랑 만나기로 약속했어요.

填字遊戲

스	페	인	어				이	동	전	화
테		터		부	치	다		네		장
이		넷			킨		병			하
크		하	숙	집			문	제	없	다
		다		값			안			
예			언		단	어			혼	
매	니	큐	어			울		비	자	
하						리		행		
다			촌	스	럽	다		기	숙	사
			웨						이	
엘	리	베	이	터		콘	택	트	렌	즈

附錄1

1

助詞	普通級敬語	高級敬語
1	이/가	께서
2	은/는	께서는
3	에게/한테	께
4	에게서/한테서	께

名詞	普通級敬語	高級敬語
1	사람	분
2	이름	성함
3	나이	연세
4	집	댁
5	생일	생신
6	말	말씀
7	밥	진지

動詞、形容詞	原型	普通級敬語（口語）	高級敬語（口語）
1	이다	예요/이에요	세요/이세요
2	아니다	아니에요	아니세요
3	가다	가요	가세요
4	앉다	앉아요	앉으세요
5	기다리다	기다려요	기다리세요
6	배우다	배워요	배우세요
7	바쁘다	바빠요	바쁘세요
8	일하다	일해요	일하세요
9	덥다	더워요	더우세요
10	듣다	들어요	들으세요
11	모르다	몰라요	모르세요
12	만들다	만들어요	만드세요

例外動詞	普通級敬語（原型）	高級敬語（原型）
1	먹다	드시다/잡수시다
2	마시다	드시다/잡수시다
3	자다	주무시다
4	있다	있으시다（有） 계시다（在）
5	아프다	아프시다/편찮으시다
6	죽다	돌아가시다

2

1) 친구는 공무원이에요. → 선생님께서는 공무원이세요.

2) 친구는 한국 사람이 아니에요. → 선생님께서는 한국 분이 아니세요.

3) 친구가 서점에 가요. → 선생님께서 서점에 가세요.

4) 친구도 운동을 좋아해요. → 선생님께서도 운동을 좋아하세요.

5) 어제 친구 집에 갔어요. → 어제 선생님 댁에 갔어요.

6) 친구에게 생일 선물을 줬어요. → 선생님께 생신 선물을 드렸어요.

7) 친구에게서 책을 선물 받았어요. → 선생님께 책을 선물 받았어요.

8) 친구는 예전에 수영 선수였어요. → 선생님께서는 예전에 수영 선수셨어요.

9) 친구는 닭고기를 안 먹어요. → 선생님께서는 닭고기를 안 드세요.

10) 친구는 핸드폰이 있어요. → 선생님께서는 핸드폰이 있으세요.

11) 친구는 노트북이 없어요. → 선생님께서는 노트북이 없으세요.

12) 친구는 지금 교실에 있어요. → 선생님께서는 지금 교실에 계세요.

13) 친구는 요즘 수영을 배우고 있어요. → 선생님께서는 요즘 수영을 배우고 계세요.

14) 친구가 많이 아파요. → 선생님께서 많이 편찮으세요. **或** 선생님께서 많이 아프세요.

15) 친구는 운전할 줄 몰라요. → 선생님께서는 운전할 줄 모르세요.

16) 친구는 학교 근처에 살아요. → 선생님께서는 학교 근처에 사세요.

17) 친구는 내일 부산에 갈 거예요. → 선생님께서는 내일 부산에 가실 거예요.

18) 친구는 영어를 가르칩니다. → 선생님께서는 영어를 가르치십니다.

19) 친구는 지금 저녁을 먹고 있습니다. → 선생님께서는 지금 저녁을 드시고 계십니다.

20) 친구는 지금 바쁘지 않습니다. → 선생님께서는 지금 바쁘지 않으십니다.

21) 친구는 내일 출근 안 할 겁니다. → 선생님께서는 내일 출근 안 하실 겁니다.

22) 이 사람은 누구예요? → 이 분은 누구세요?

23) 이름이 뭐예요? → 성함이 어떻게 되세요?

24) 나이가 몇 살이에요? → 연세가 어떻게 되세요?

25) 무슨 일을 해요? → 무슨 일을 하세요?

26) 지금 어디에 있어요? → 지금 어디에 계세요?

27) 오늘 저녁에 시간 있어요? → 오늘 저녁에 시간 있으세요?

28) 뭐 먹을래요? → 뭐 드실래요?

29) 커피 마실래요? → 커피 드실래요?

30) 운전할 줄 알아요? → 운전할 줄 아세요?

31) 그 얘기 들었어요? → 그 얘기 들으셨어요?

32) 어디가 아파요? → 어디가 편찮으세요? **或** 어디가 아프세요?

33) 많이 더워요? 에어컨 켜 줄까요? → 많이 더우세요? 에어컨 켜 드릴까요?

34) 제가 도와줄게요. → 제가 도와 드릴게요.

35) 제가 나중에 다시 전화할게요. → 제가 나중에 다시 전화 드릴게요.

36) 다음 주에 봐요. → 다음 주에 뵈어요. 或 다음 주에 봬요.

3

敬語	半語
저	나
저의 / 제	내
你（OO 씨，당신…）	너
你的（OO 씨의…）	네
稱呼人名：名字 씨	名字（收X）야 名字（收O）아
네 / 예	응
아니요	아니
名詞＋예요/이에요	名詞＋야/이야
肯定句過去：～았/었/했어요	～았/었/했어
肯定句現在：～아/어/해요	～아/어/해
肯定句未來：～ㄹ/을 거예요	～ㄹ/을 거야
命令、要求（肯定）：～세요/으세요 ～아/어/해요	～아/어/해라 ～아/어/해
命令、要求（否定）：～지 마세요 ～지 말아요	～지 마
建議：～ㅂ/읍시다 ～아/어/해요	～자

4

1) A : 이 사람은 누구야? / B : 우리 언니야.

2) A : 이 가방 누구 거야? / B : 내 거야.

3) A : 남자 친구 있어? / B : 아니, 없어.

4) A : 안녕? 내 이름은 주명아야. / B : 나는 김다영이라고 해. 만나서 반가워.

5) A : 지금 뭐 해? / B : 밥 먹고 있어.

6) A : 어제 콘서트 어땠어? 재미있었어? / B : 응, 너무 재미있었어.

7) A : 지금 밖에 비 와? / B : 아니, 안 와.

8) A : 주말에 뭐 할 거야? / B : 영화 보러 갈 거야.

9) A : 우리 내일 같이 백화점에 쇼핑 갈래? / B : 좋아. 같이 가자.

習作本 答案

10) A : 점심에 뭐 먹을까? / B : 음……떡볶이랑 김밥 먹자.

11) A : 좀 더운데 창문 좀 열까? / B : 응, 열어.

5

1) 할머니께서는 고기를 안 드세요. **或** 할머니께서는 고기를 안 잡수세요.

2) A : 어디에 가세요? / B : 학교에 가요.

3) 선생님께서 교실에 안 계세요.

4) 제가 할아버지께 말씀드릴게요.

5) 선생님께서 저에게 선물을 주셨어요. **或** 선생님께서 제게 선물을 주셨어요.

6

1) 할아버지께서 진지를 드시고 계세요. **或** 할아버지께서 식사를 하고 계세요.

2) 저희 할머니께서는 3년 전에 돌아가셨어요.

3) 어디에 사세요?

4) 안녕히 주무세요.

7

1) 댁, 바꿔 주시겠어요

2) 그런데요, 계시는데

3) 부탁합니다, 걸어 주시겠어요

4) 갖다주세요, 드리겠습니다.

5) 분, 명

6) 쓰실 거예요, 쓸 건데요

附錄2

1

	～ㅂ/습니다	～아/어/해요	～았/었/했어요	～아/어/해서	～면/으면
아프다	아픕니다	아파요	아팠어요	아파서	아프면
바쁘다	바쁩니다	바빠요	바빴어요	바빠서	바쁘면
예쁘다	예쁩니다	예뻐요	예뻤어요	예뻐서	예쁘면
기쁘다	기쁩니다	기뻐요	기뻤어요	기뻐서	기쁘면
슬프다	슬픕니다	슬퍼요	슬펐어요	슬퍼서	슬프면
크다	큽니다	커요	컸어요	커서	크면
쓰다	씁니다	써요	썼어요	써서	쓰면

	～아/어/해요	～았/었/했어요	～아/어/해서	～면/으면	～니까/으니까
덥다	더워요	더웠어요	더워서	더우면	더우니까
고맙다	고마워요	고마웠어요	고마워요	고마우면	고마우니까
아름답다	아름다워요	아름다웠어요	아름다워서	아름다우면	아름다우니까
쉽다	쉬워요	쉬웠어요	쉬워서	쉬우면	쉬우니까
귀엽다	귀여워요	귀여웠어요	귀여워서	귀여우면	귀여우니까
맵다	매워요	매웠어요	매워서	매우면	매우니까
돕다	도와요	도왔어요	도와서	도우면	도우니까
입다	입어요	입었어요	입어서	입으면	입으니까
좁다	좁아요	좁았어요	좁아서	좁으면	좁으니까

	～아/어/해요	～아/어/해서	～면/으면	～니까/으니까	～세요/으세요
걷다	걸어요	걸어서	걸으면	걸으니까	걸으세요
듣다	들어요	들어서	들으면	들으니까	들으세요
묻다	물어요	물어서	물으면	물으니까	물으세요
닫다	닫아요	닫아서	닫으면	닫으니까	닫으세요
받다	받아요	받아서	받으면	받으니까	받으세요
믿다	믿어요	믿어서	믿으면	믿으니까	믿으세요

	～ㅂ/습니다	～아/어/해요	～았/었/했어요	～아/어/해서	～면/으면
모르다	모릅니다	몰라요	몰랐어요	몰라서	모르면
다르다	다릅니다	달라요	달랐어요	달라서	다르면
빠르다	빠릅니다	빨라요	빨랐어요	빨라서	빠르면
자르다	자릅니다	잘라요	잘랐어요	잘라서	자르면
바르다	바릅니다	발라요	발랐어요	발라서	바르면
고르다	고릅니다	골라요	골랐어요	골라서	고르면
부르다	부릅니다	불러요	불렀어요	불러서	부르면

	～아/어/해요	～ㅂ/습니다	～면/으면	～니까/으니까	～ㄴ/은/는데
살다	살아요	삽니다	살면	사니까	사는데
놀다	놀아요	놉니다	놀면	노니까	노는데
알다	알아요	압니다	알면	아니까	아는데
열다	열어요	엽니다	열면	여니까	여는데

팔다	팔아요	팝니다	팔면	파니까	파는데
만들다	만들어요	만듭니다	만들면	만드니까	만드는데
길다	길어요	깁니다	길면	기니까	긴데
멀다	멀어요	멉니다	멀면	머니까	먼데

	～ㅂ/습니다	～아/어/해요	～았/었/했어요	～니까/으니까	～ㄴ/은/는
빨갛다	빨갛습니다	빨개요	빨갰어요	빨가니까	빨간
파랗다	파랗습니다	파래요	파랬어요	파라니까	파란
노랗다	노랗습니다	노래요	노랬어요	노라니까	노란
까맣다	까맣습니다	까매요	까맸어요	까마니까	까만
하얗다	하얗습니다	하얘요	하얬어요	하야니까	하얀
이렇다	이렇습니다	이래요	이랬어요	이러니까	이런
그렇다	그렇습니다	그래요	그랬어요	그러니까	그런
저렇다	저렇습니다	저래요	저랬어요	저러니까	저런
어떻다	어떻습니다	어때요	어땠어요	어떠니까	어떤
좋다	좋습니다	좋아요	좋았어요	좋으니까	좋은
괜찮다	괜찮습니다	괜찮아요	괜찮았어요	괜찮으니까	괜찮은
놓다	놓습니다	놓아요	놓았어요	놓으니까	놓은

	～아/어/해요	～았/었/했어요	～세요/으세요	～면/으면	～니까/으니까
붓다	부어요	부었어요	부으세요	부으면	부으니까
젓다	저어요	저었어요	저으세요	저으면	저으니까
짓다	지어요	지었어요	지으세요	지으면	지으니까
긋다	그어요	그었어요	그으세요	그으면	그으니까
잇다	이어요	이었어요	이으세요	이으면	이으니까
낫다	나아요	나았어요	나으세요	나으면	나으니까
웃다	웃어요	웃었어요	웃으세요	웃으면	웃으니까
씻다	씻어요	씻었어요	씻으세요	씻으면	씻으니까

2

1) 예뻐요　　2) 아파서　　3) 씁니다　　4) 기뻐서　　5) 바쁘면

6) 고파요　　7) 컸으면 좋겠어요　8) 반가워요　　9) 도와주세요　　10) 가까워서

11) 어두우면　12) 추우니까　13) 더우세요　14) 입으면　15) 들어요

16) 걸어서　　17) 물어 보세요　18) 들었어요　19) 물었어요　20) 받으세요

21) 닫아도 돼요 22) 빨라요 23) 불러요 24) 모르면 25) 잘랐어요

26) 달라서 27) 몰라요 28) 발라 보세요 29) 만드세요 30) 삽니까

31) 엽시다 32) 아세요 33) 멉니다 34) 아는 35) 파는데

36) 까만 37) 어때요 38) 어땠어요 39) 어떤 40) 이런

41) 좋은 42) 빨개졌어요 43) 나으세요 44) 부어요 45) 그으세요

46) 지었어요 47) 벗으세요 48) 웃으세요

習作本 答案

MEMO

MEMO

國家圖書館出版品預行編目資料

大家的韓國語〈初級2〉新版 / 金玟志著
-- 修訂二版-- 臺北市：瑞蘭國際, 2023.06
2冊；19×26公分 --（外語學習系列；119）
ISBN：978-626-7274-27-9（第1冊：平裝）
ISNB：978-626-7274-28-6（第2冊：平裝）
1. CST：韓語 2. CST：讀本

803.28   112006021

外語學習系列 119

大家的韓國語 初級 2 新版

作者｜金玟志 · 責任編輯｜潘治婷、王愿琦 · 校對｜金玟志、潘治婷、王愿琦

韓語錄音｜金玟志、鄭鏽埈、金真熙 · 錄音室｜采漾錄音製作有限公司
封面設計｜余佳憓、陳如琪 · 版型設計｜張芝瑜 · 內文排版｜余佳憓 · 美術插畫｜614

瑞蘭國際出版
董事長｜張暖彗 · 社長兼總編輯｜王愿琦
編輯部
副總編輯｜葉仲芸 · 主編｜潘治婷
設計部主任｜陳如琪
業務部
經理｜楊米琪 · 主任｜林湲洵 · 組長｜張毓庭

出版社｜瑞蘭國際有限公司 · 地址｜台北市大安區安和路一段104號7樓之1
電話｜(02)2700-4625 · 傳真｜(02)2700-4622 · 訂購專線｜(02)2700-4625
劃撥帳號｜19914152 瑞蘭國際有限公司 · 瑞蘭國際網路書城｜www.genki-japan.com.tw

法律顧問｜海灣國際法律事務所　呂錦峯律師

總經銷｜聯合發行股份有限公司 · 電話｜(02)2917-8022、2917-8042
傳真｜(02)2915-6275、2915-7212 · 印刷｜科億印刷股份有限公司
出版日期｜2023年06月初版1刷 · 定價｜550元 · ISBN｜978-626-7274-28-6
　　　　　2024年06月初版3刷